AF285701

Die Vogelperspektive

Oder: Warum manchmal Kacke vom Himmel fällt

Johanna Jörg

Bibliografische Information der Deutschen Nationalbibliothek:
Die Deutsche Nationalbibliothek verzeichnet diese Publikation in der
Deutschen Nationalbibliografie; detaillierte bibliografische Daten sind im
Internet über dnb.dnb.de abrufbar.

Verlag: BoD · Books on Demand GmbH, In de Tarpen 42, 22848 Norderstedt
Druck: Libri Plureos GmbH, Friedensallee 273, 22763 Hamburg

ISBN: 9783758311284
Dieses Buch ist auch als E-Book erhältlich.

Finanzielle Unterstützung durch die Südtiroler
Landesregierung, Abteilung Deutsche Kultur

AUTONOME   PROVINCIA
PROVINZ   AUTONOMA
BOZEN   DI BOLZANO
SÜDTIROL   ALTO ADIGE

Deutsche Kultur

Ich habe keine Ahnung, was das hier soll. Irgendjemand hatte die Idee, mich zur Hauptfigur eines Buches zu machen. Und jetzt soll ich hier kluge Sätze denken, die du lesen kannst. Ich sage das vorsichtshalber jetzt schon mal: Es tut mir leid, dass ich deine kostbare Zeit verschwende. Doch du musst wissen: Du bist ein freier Mensch und kannst das Buch jederzeit zuklappen und etwas Sinnvolles tun. Durch Social Media scrollen oder Zuckerwatte essen zum Beispiel. Falls du irgendwann denkst, dass alles Bullshit oder Vogelkacke ist, was hier steht, dann kannst du das Buch sogar verbrennen, damit die Ressourcen, die wir für die Entstehung des Buches verwendet haben, noch einen Wert haben. Du kannst das Buch auch als Toilettenpapier verwenden oder als Kaffeebecher-Untersetzer. Ach, da gäbe es so viel, was du mit diesem Buch machen könntest. Du könntest das Buch auch weiterverschenken oder Seiten, die du gut findest, abfotografieren und sie deinen Freund:innen schicken. Oder du kannst es wieder verkaufen, dann ist wirklich nichts verloren. Was du damit tust, ist allein dir überlassen. Am meisten freue ich mich natürlich, wenn du das Buch erst einmal liest, was du offensichtlich gerade machst. Damit wäre meine Arbeit nicht umsonst gewesen. Und während du liest, darfst du entscheiden, was du mit diesen Worten machst, ob du mir folgst oder nicht. Du bist ein freier Mensch. Und ich bin ein freier Vogel.

Ich bin sogar noch freier als du, denn ich kann fliegen. Aber das ist auch schon das Einzige, was uns zwei voneinander unterscheidet. Ich bin genauso dumm wie du, genauso hübsch wie du und genauso gelangweilt wie du. Ach, und noch etwas: Oft bin ich ein bisschen frech. Damit musst du wohl leben, denn ändern kannst du mich ja nicht. Oder …, warte mal, da kommt mir eine Idee: Ich könnte dich in manchen Situationen einfach mitentscheiden lassen. Ja, genau, ich frag dich einfach, was du an meiner Stelle machen würdest, und dann kannst du entscheiden. So kann ich ein besserer Vogel werden und das hier wird ein super interaktives Buch. Das gefällt der Autorin bestimmt auch.

Autorin: „Ja, das gefällt mir sehr, vielen Dank für deinen kreativen Input, liebes Vöglein. Wie heißt du denn eigentlich, wenn ich fragen darf?"

„Wie ich heiße? Was soll das denn heißen? Ich heiße, wie ich heiße."

Autorin: „Kannst du mir das vielleicht verraten?"

„Hä? Das weißt du doch."

Autorin: „Nein, ich weiß nicht, wie du heißt. Ich weiß bloß, dass du hin und wieder schei*t."

„Was soll denn dieser Stern hier? Seit wann wird scheißen gegendert?"

Autorin: „Das ist nicht gendern, das nennt man zensieren."

„Was willst du denn beim Wort ‚scheißen' zensieren? Das ist doch das Natürlichste auf der Welt. Alle machen das. Dabei unterscheiden sich die Menschen auch nicht von Vögeln."

Autorin: „Aber das klingt viel zu proletarisch und unkultiviert."

„Aber so reden doch die Leute auf der Straße – Fuck, jetzt hat mich dieser Kackvogel angeschissen!' Ich finde, wir sollten in diesem Buch authentisch und auf dem Boden bleiben. Das heißt, die Leser:innen bleiben auf dem Boden – ich bleibe in der Luft. Und ich rede so, wie mir der Schnabel gewachsen ist. Okay?"

Autorin: „Na gut, ohne dich wird dieses Buch ja ohnehin nichts."

„Woohoo, das klingt nach ganz viel Macht für mich. Danke für dein Vertrauen!"

Autorin: „Bitte benimm dich wenigstens ein bisschen. Und verrate mir noch deinen Namen, bitte."

„Ich habe keinen Namen. Ich will nicht schon zu Beginn in eine Schublade gesteckt werden. Ich bin einfach ein Vogel. Ein Vogel ohne Namen. Ein Vogel, der fliegen und laut denken kann, okay?"

Autorin: „Okay."

So, nun liegt also alle Macht bei mir. Die Autorin hat nichts mehr zu melden. Und wir zwei müssen jetzt wohl Freunde werden, wenn wir eine schöne Zeit haben wollen. Ich kann dir jetzt schon mal sagen, dass ich dich mag. Es gibt nicht viele, die mir so lange beim Denken zuhören. Und du musst dabei sogar noch lesen. Ich mag dich wirklich.

Wir sind hier also gerade im Vorwort. Irgendwo sollte, glaube ich zumindest, noch eine Widmung hin und dann irgendwo ein Inhaltsverzeichnis? Ich habe keine Ahnung, wie das normalerweise gemacht wird. Ich mach es halt so, wie ich Lust habe. Aber ich lass dich sicher nie alleine, ich werde dich das ganze Buch über begleiten – oder du mich. Und die Widmung packe ich einfach hier noch schnell hin. Bis wir damit fertig sind, weiß ich vielleicht auch, worüber ich auf den nächsten Seiten nachdenken kann.

Also, ich widme dieses Buch in erster Linie mir. Einfach, weil mir noch nie jemand ein Buch gewidmet hat und ich finde, dass es höchste Zeit dafür ist. Als Zweites widme ich das Buch dir, weil ohne dich das Buch ja nicht gelesen werden würde. Und ich widme es allen Menschen, mit denen du darüber sprichst, denen du es weiterempfiehlst und denen du es schenkst. Eigentlich widme ich dieses Buch allen. Wenn ich schon mal ein Buch schreibe, sollen auch allen die Ehre haben, Teil der Widmung zu sein.

So, die Widmung haben wir nun auch hinter uns. Was kommt als Nächstes? Das Inhaltsverzeichnis? Hm, ich glaube, das machen wir später. Keine Lust jetzt. Worauf ich allerdings Lust habe, ist, hin und wieder ein Bild auf eine Seite zu knallen. Damit das Buch auch ein bisschen hübsch wird. Die Bilder werden natürlich die allerschönste Farbe haben: himmelblau. Ich liebe diese Farbe. Sie vermittelt mir ein Gefühl von Geborgenheit und schönem Wetter. Ich liebe schönes Wetter. Ob dir die Farbe gefällt, ist mir jetzt erst einmal egal.

In diesem Sinne: danke für deine Aufmerksamkeit bis hierher. Wenn du nun müde bist, geh schlafen. Wenn dich jemand braucht, sei für ihn da, und wenn du Hunger hast, dann iss was. Wenn du allerdings gerade nichts Besseres zu tun hast, dann komm doch mit auf die nächste Seite. Blättere einfach um. See you!

Ich will nicht schon
zu Beginn in eine
Schublade gesteckt
werden.

Kapitel 1

So, da sind wir also, im Kapitel 1. Ich habe es mal so genannt, weil das alle so machen. Aber eigentlich könnte das Kapitel auch „Übers Fliegen und Beobachten" heißen. Ich will dir ganz zu Beginn mal sagen, wie das so ist, wenn man fliegen kann. Du kennst das ja nur vom Flugzeug oder vielleicht vom Gleitschirmfliegen oder vom Bungee-Jumping. Aber das richtige Fliegen, also das mit zwei Flügeln im Wind, bei Sonne, bei Regen, im Winter oder im Sommer, das kennst du nicht. Wie auch?

Also, wenn ich fliege, dann kannst du dir das so vorstellen, wie wenn du schaukelst und am höchsten Punkt in der Luft einfach stehen bleibst und dich vom Aufwind tragen lässt. Oder vielleicht ist es ähnlich, wie wenn du dich ins Meer legst und dich vom Salzwasser tragen lässt. Von oben sieht das jedenfalls ziemlich entspannt aus. Und auch das Fliegen ist entspannt, friedlich und einfach nur wunderbar. Ich mache nichts, lass mich vom Aufwind tragen, gleite in Richtung Sonne und schaue mir die Gegend an – im besten Fall zumindest.

Es kann natürlich auch anders sein: Es kann vogelkopfgroße Hagelkörner hageln, es kann stürmen, blitzen und donnern. Es kann arschkalt sein oder neblig oder es kann brennen und ich muss durch den Kackrauch fliegen. Na ja, viel kann ich über solche Katastrophen allerdings nicht berichten, denn in solchen Situationen sind nur die dümmsten Vögel in der Luft. Kluge Vögel verkriechen sich im dichten Geäst von Bäumen und Büschen, in ihrem Nest oder unter einem Dach oder fliegen einfach davon. Dass ich zu den klugen Vögeln gehöre, muss ich nicht erwähnen, oder? Und falls doch, habe ich das eben gemacht.

Okay, also stell dir vor, wie ich durch die Luft gleite, wie ich mich vom Wind immer höher tragen lasse und unter mir alles kleiner wird – das ist die Vogelperspektive. Das ist das Allerbeste am Vogelsein – diese Perspektive. Alles unter mir wird klein, unbedeutend und unwichtig. Je höher ich fliege, desto winziger und leiser wird die Welt. Ich höre kein Schreien der Kinder, keine hupenden Autos, keine brüllenden Gorillas oder kämpfende Antilopen. Ich kann Abstand nehmen, wann immer ich will. Du weißt gar nicht, was für ein Freiheitsgefühl das ist. Nun ja, theoretisch kannst du es dir vorstellen. Und vielleicht kannst du es sogar in einem Traum erleben. Ich denke, deine Vorstellungskraft, deine Gedanken und deine Träume sind das Großartigste, was du hast. Es ist egal, wie du aussiehst, woher du kommst, woran du glaubst, was du bereits erlebt hast, wie deine Wohnung aussieht, wer deine Eltern sind, ob du Geschwister hast, ob du zwei Beine hast oder ob du im Rollstuhl sitzt. Deine Gedanken sind kostbar und einzigartig. Und niemand kann sie dir nehmen. Nicht einmal das stärkste Gewitter, nicht einmal der mächtigste Mensch. Mithilfe deiner Vorstellungskraft – und deines Willens – kannst du jeden Tag in jeder Situation entscheiden, wie ein Vogel zu sein. Du kannst dich entscheiden, kurz Abstand zu nehmen und alles von oben zu betrachten. Und dabei wird dich niemand für verrückt erklären, weil du nicht zu einem echten Vogel wirst, sondern nur innerlich seine Perspektive einnimmst. Und auch während du dieses Buch hier liest, wirst du immer bei mir sein. Du wirst die ganze Zeit die Welt als Vogel wahrnehmen – so wie du es zuvor vermutlich noch nie getan hast.

Und jetzt sind wir auch schon am Ende von Kapitel 1 angekommen. Also, lass uns jetzt mal ein bisschen aktiver werden. Ich will dir noch etwas zeigen und dabei können wir auch schon das Mitbestimmen üben. Also, wohin willst du fliegen?

Ans Meer? → Seite 14
In die Berge? → Seite 18

Ans Meer

Oh, wie gut, dass du dich fürs Meer entschieden hast. Wollte da sowieso heute noch hin und mir ein paar Fische holen. Nein, war nur Spaß, lieber esse ich die Reste von euch Menschen – ähhm ... also die Reste vom Essen der Menschen, meine ich. Gibt ja nichts Besseres als Pommes! Und Pommes finde ich am Meer wie Sand am Strand.

Alles klar, genug gelabert. Let's go! Wir fliegen in den Westen. Dorthin, wo die Sonne jeden Abend hinter dem Meer verschwindet. Dorthin, wo das türkise Wasser die Küsten formt, wo die Farbe der Steine so rot ist wie das Feuer bei einem Waldbrand. Apropos Waldbrand, neulich gab es richtig viele Waldbrände. Einmal war ich zufällig in der Luft, als ein Brand ausbrach. Am Anfang bin ich erschrocken, doch dann habe ich schnell reagiert und ein paar Mal runtergespuckt, um bei der Löschung zu helfen. Ich verstehe, wenn du jetzt denkst, dass das bloß ein Tropfen auf dem heißen Baum war. Ja, das stimmt. Aber ein Vogel tut, was ein Vogel kann, schließlich will ich noch weiterhin über die schönen Wälder fliegen. Aber lassen wir das, ich will hier nicht klugscheißen – jedenfalls noch nicht.

Also, zurück zum Meer. Weißt du, was das Beste am Meer ist? Seine Farbe! Besser gesagt: seine Farben. Ich habe schon schwarze Meere gesehen, rosarote, türkise, grüne und blaue. Und weil es so viele Meere gibt, bekommt auch der Himmel etwas Farbe davon ab. Oder haben die Meere die Farbe vom Himmel? Die Meere bestehen ja aus Wasser und der Himmel aus Luft, oder? Und beides – also Luft und Wasser – ist eigentlich durchsichtig. Voll krass, dass im Großen alles blau wird. Ich kapier nicht ganz, wieso das so ist, aber das muss ich zum Glück ja auch nicht. Auf jeden Fall bin ich froh, dass die Luft durchsichtig ist, sonst könnte ich ja nichts sehen beim Fliegen. Jetzt sehe ich nämlich, dass wir bald die Küste erreicht haben. Ich höre schon das Rauschen der Wellen. Das Wasser schwappt an den Strand und fließt wieder zurück. Alles, was zurückbleibt, ist nasser Sand, ein paar Muscheln und einige Plastiktüten. Wenn du genau hinhörst, kannst du einen klitzekleinen Moment kein Rauschen hören. Dann steht das Wasser für eine Millisekunde still und läuft erst danach wieder zurück. Noch ehe sich das Wasser der alten Welle mit dem Meer vermischt hat, kommt schon die nächste rauschende Welle heran. Was für ein beruhigendes Geräusch das ist. Da ist es kein Wunder, dass täglich so viele Menschen am Strand sind.

Guck mal, wie viele da sind. Sie warten auf den Sonnenuntergang. Sonnenuntergänge am Meer sind super, ich liebe sie. Und die Menschen lieben sie auch. Und Menschen tendieren dazu, das, was sie lieben, festzuhalten. Am besten für immer. Deshalb machen sie Bilder, Videos und Videobilder und Bildervideos. Und Selfies und Gruppenbilder. Sie zoomen die Sonne heran und stellen fest, dass die Farben auf dem Display ganz anders aussehen als in echt. Und dann versuchen sie es noch einmal. Und noch einmal. Und falls es dann noch immer nicht klappt, knallen sie einen Filter drauf.

Oder haben die Meere die Farbe vom Himmel?

Guck, die da drüben im roten Kleid: Sie versucht seit zehn Minuten ihr Gesicht und die Sonne auf ein Bild zu bekommen. Sie muss sich entscheiden – entweder ist ihr Gesicht zu dunkel oder der Hintergrund zu hell. Lieber Himmel! Die Menschen wollen das Spektakel für immer festhalten, aber verpassen es dabei, erleben es gar nicht wirklich. Ja, sie verpassen den Moment.

Manchmal treffe ich mich hier mit Kumpels und wir veranstalten eine Flugshow – ein Gratisschauspiel für die Menschen am Strand sozusagen. Manchmal sieht uns niemand, manchmal ein paar wenige und an manchen Tagen ein paar mehr. Und dann sind es meistens Kinder. Sie freuen sich über unsere Flugshow und wollen es den Erwachsenen zeigen. Die gucken dann hoch, aber sehen es nicht. Und dann gibt es noch solche Idioten wie den Scheißtyp da unten, die das Sonnenschauspiel mit ihrer Drohne filmen wollen. Und natürlich checken sie nicht, dass ihre Kackdrohne genau durch unsere Flugshowbühne fliegt. Sorry für die vielen Scheißausdrücke, aber das scheißt uns Vögel wirklich an.

So, und weil ich jetzt so viel vom Kacken geredet habe, muss ich jetzt aber auch wirklich mal. Also, auf wen soll ich zielen?

Auf den Typen mit der Drohne? → Seite 26
Oder auf das Selfie-Mädchen im roten Kleid, damit sie wieder in die Wirklichkeit zurückgeholt wird? → Seite 23

In die Berge

In die Berge willst du also? Das ist gut, da müssen wir gar nicht so weit fliegen, dafür aber umso höher. Lass uns zu den Alpen fliegen, ganz weit hinauf zu den Höchsten der Höchsten. Dorthin, wo die Gipfel noch mit Eis bedeckt und die Seen so türkis sind, wie ..., na ja, wieee ..., hm, ich glaub, dafür habe ich keinen Vergleich. Manchmal – oder eigentlich sehr oft – sehe ich Farben, die so krass sind, dass ich es fast nicht glauben kann. Kein Mensch – und kein Vogel – wird jemals in der Lage sein, sie nachzumachen. Weder mit einer Ölfarbe noch mit den Lichtfarben am Bildschirm. Manche Farben und Farbabstufungen gibt es einzig und allein in echt. Und ich liebe das. Ich liebe Farben! Komm mit, ich zeig dir die krassesten Farben, die du je gesehen hast. Hier ein Bergsee! Ja okay, du hast recht, die Farbe sieht nicht gerade eindrucksvoll aus. Aber komm, wir setzen uns mal und warten, bis die Wolken sich verziehen und die Sonnenstrahlen uns seine volle Farbenpracht zeigen.

Hörst du das? Wie die Vögel Scheiße labern? Vögel können richtig nerven. Schon am Morgen beleidigen sie sich gegenseitig und hauen sich dumme Sprüche an den Kopf. Und du denkst, die singen für dich? Ha! Da kannst du aber froh sein, dass du nicht verstehst, was sie sagen. Mal abgesehen davon – hörst du auch das Plätschern des kleinen Bächleins? Dort drüben, da kommt das wertvollste Getränk direkt vom Berg. Klares Wasser, das noch keine 500 Meter zurückgelegt hat. Und was machen Menschen? Anstatt das Luxusgetränk vom Bächlein zu trinken, tragen sie lieber ihr Döschen mit dem Energydrink auf den Berg. Mit einem Zisch öffnen sie die 250 ml Dose und gönnen sich das gefärbte Zuckerwasser von höchster Qualität. Nichts für ungut, irgendwie kann ich die Menschen ja verstehen – Red Bull verleiht Flüüüügel! Klar wollen sie das trinken, würde ich auch wollen, wenn ich noch keine Flügel hätte. Wie gut, dass ich schon welche habe und somit das Quellwasser genießen darf.

Okay, jetzt aber, schau sie dir an. Diese Farbenpracht! Die Sonne bringt den See zum Leuchten: türkis-hellblau-dunkelgrün-hellgrün-meeresblau-himmelblau-moosgrün-silber-weiß-petrol.

Und die Kühe, die hier grasen, leben im Paradies. Den ganzen Tag fressen und chillen und wenn sie Durst haben, können sie kristallklares Wasser aus dem See trinken. Sie haben das schönste Leben. Sofern sie nicht schon am Morgen von wandernden Menschen begrapscht werden. Aber so oft passiert das nicht. Die meisten haben Angst vor ihnen. Immerhin sollen Kühe schon Menschen getötet haben. Aber Menschen töten ja auch Kühe. Es stünde dann also 1:1, richtig?

Keine Angst, ich rede jetzt nicht über Veganismus, Vegetarismus oder über irgendeinen anderen „-ismus". Ich liebe die Mitte. Ich bin weder für noch gegen etwas. Denn immer dann, wenn es zwei Pole gibt, gibt es Spannung. Und je mehr Spannung es gibt, desto weniger wird ein gemeinsamer Weg gefunden. Aber was weiß ich schon, bin doch nur ein Vogel. Ein Vogel, der fliegt und beobachtet. Und während ich so in der Luft bin, sehe ich mir oft beide Seiten, also beide Pole an. Du weißt gar nicht, wie oft ich von hier oben sehe, wie sich zwei streiten, weil sie glauben, sie kennen die Wahrheit. Um besser zu verstehen, worum es den Streithähnen oder Streithennen geht, versuche ich beide Seiten kennenzulernen und alle Infos zu sammeln, die ich brauche. Ich „recherfliege" sozusagen. Und ganz oft komme ich dann zum Schluss, dass beide recht haben. Nicht selten gibt es zwei Wahrheiten. Die Menschen sehen allerdings meistens nur eine. Sie haben nicht den Weitblick, sie sehen die Welt nur aus einer Perspektive und die ist meistens begrenzt. Sie sehen nicht weiter als bis zum nächsten Berg oder zur nächsten Straße. Ich wünsche mir so oft, dass sich die Menschen einfach mal auf meinen Rücken setzen, damit ich ihnen die Welt von

oben zeigen kann. Doch die Menschen sind zu schwer für mich – und es würde sich wohl niemand freiwillig auf meinen Rücken setzen.

Komm, lass uns jetzt noch etwas höher fliegen, ganz nach oben zum Gipfel. Dort ist es am schönsten. Außerdem wird die Luft immer besser. Mhmm, ich liebe diese Bergluft. Keine Abgase, keine Rauchwolken. Heute sind auch sonst fast keine Wolken am Himmel. Was für ein schöner Tag. Guck dir mal diese Aussicht an! Ich bin manchmal stundenlang hier, aber nicht wegen der Aussicht, die habe ich ja jeden Tag. Ich bin hier, um mich zu amüsieren, und zwar über die vielen Menschen, die es auf den Gipfel schaffen. Es ist so verrückt. Die Leute brauchen ungefähr vier Stunden, um hier anzukommen. Meistens starten sie schon sehr früh am Morgen im Tal und sind dann etwa um 10:00 oder 11:00 Uhr hier. Und nun rate mal, wie lange sie hier verweilen? Gar nicht. Sie kommen hier hoch, haken einen Punkt in ihrer To-Do-Liste ab, grinsen in die Kamera, ziehen sich die türkise Jacke über – Türkis ist gerade Trend, letztes Jahr waren die Jacken rosa –, essen ein Stück Traubenzucker und laufen dann wieder zurück. Selten sehe ich Leute, die hier verweilen, also eine Weile verbringen, bevor sie zum nächsten Termin ins Tal müssen. Die wenigsten genießen die Aussicht tatsächlich. Aber wie heißt's doch so schön? „Der Weg ist das Ziel."

Hörst du das? Die lauten Stimmen? Das hört sich an, als ob sich zwei streiten. Ich fass es nicht. Bei so einer Aussicht haben die nichts Besseres zu tun, als herumzumeckern. Ich flieg mal rüber und höre zu.

Mensch 1: „Hast du mir nicht zugehört? Ich habe gesagt, du sollst die türkise Jacke einpacken, nicht die blaue.”
Mensch 2: „Die ist doch türkis.”
Mensch 1: „Also, wenn das türkis ist, dann fresse ich einen Besen.”
Mensch 2: „Dann friss doch. Echt ey, nichts kann ich dir recht machen.”

Siehst du, das habe ich vorhin mit den zwei Wahrheiten gemeint. Nur weil die beiden eine andere Definition von Türkis haben, bricht ein Streit aus. Und das auf einem Berggipfel, wo es scheißegal ist, welche Farbe die Scheißjacke hat. Es ist scheißegal, weil auf jede Farbe geschissen werden kann. Soll ich?

Jaaa! → Seite 28
Ne komm, das macht man doch nicht! → Seite 27

Das Mädchen im roten Kleid

Wirklich? Ich soll auf das Mädchen kacken? Das ist aber schon etwas gemein, oder? Sie hat doch ihre langen Haare gerade erst gewaschen. Na gut, du hast dich ja bereits entschieden. Und Entscheidungen können nicht rückgängig gemacht werden, es sei denn, du bist klug und blätterst zur Entscheidungsfrage zurück.

→ Seite 17

Okay also …, ich kack jetzt – 3 …, 2 …, 1…, plop.

Ha, nice! Volltreffer. Jetzt ist meine Kacke in ihrem Video. Ich hoffe, sie veröffentlicht das. Das geht bestimmt viral!

„Ahhhhh! Nein, igitt, igitt …" Schnell läuft die junge Frau zum Wasser und versucht, die Kacke aus den Haaren zu waschen. Einige Leute beobachten sie. Hektisch zupft sie an ihren Haaren und versucht, sich so unauffällig wie möglich zu verhalten. Und auf einmal fängt sie einfach an zu lachen. Sie lacht über die Situation und sich selbst. Ihr Lachen ist wunderbar warm und ansteckend. Immer mehr Leute lassen sich davon anstecken und amüsieren sich über den „Unglücksfall". Kluges Mädchen! Sie macht das richtig vorbildlich: Wenn's scheiße läuft, einfach mal drüber lachen. Und zudem war das kein Unglücksfall, sondern ein Glücksfall. Endlich wurden die Leute in die Realität zurückgeholt. Endlich können sie wieder lachen, anstatt angestrengt auf ein Display zu gucken und über ihre To-Do-Liste nachzudenken. Das Leben passiert JETZT. Mission erfüllt. Dankt mir später, Menschis.

Die Farben am Himmel werden jetzt immer greller, obwohl die Sonne schon untergegangen ist. Da glühen Orange, Gelb, Rosa, Hellblau, Dunkelblau – es ist einfach wunderbar. Und langsam, langsam wird es auch etwas kälter. Die Menschen am Strand werden immer weniger, nur ein paar bleiben noch und machen noch die letzten dreißig Bilder. Ich sehe Jugendliche, die jetzt auch aufbrechen. Sie nehmen ihren Ball und verschwinden. Doch was ist mit den Dosen und den Plastiktellern, die sie zurücklassen? Das kann doch nicht wahr sein! Sind die zu faul, ihren Scheißmüll mitzunehmen? Boa ey, das kotzt mich richtig an. Ich meine, mir kann es ja eigentlich egal sein, wie viel Müll am Strand liegt, ich bin ja in der Luft. Ich könnte einfach wegfliegen oder woanders hingucken. Und Müll bedeutet oft auch Essen, was ja eigentlich etwas Gutes ist. Mir könnte es auch egal sein, wenn sich im Meer Müllinseln bilden, Fische sich in Plastiktüten verheddern und Wale Strohhalme fressen. Mir könnte das alles egal sein, denn ich bin ja in der Luft, mir geht es doch gut. Aus den Augen, aus dem Sinn, oder wie war das? Ich könnte einfach drauf scheißen ... Also nicht wortwörtlich, sondern so wie du den Ausdruck normalerweise verwendest. Aber ich will in keinster Weise drauf scheißen. Erstens, weil ich es dann noch schlimmer mache. Und zweitens, weil ich es dann noch schlimmer mache. Verstehst du? Verstehst du, wie ich das meine? Du verstehst nicht, oder?

Ist auch egal. Alles musst du ja nicht verstehen, immerhin ist das ein Buch. Und Bücher sind oft kompliziert und voll von klugen Sätzen. Es reicht, wenn du das große Ganze verstehst. Zum großen Ganzen zählt zum Beispiel, dass dieses Buch von einem sehr klugen Vogel ausgedacht wird. Doch vielleicht ist es jetzt schon zu spät für kluge Sätze. Vielleicht wäre es besser, wenn ich jetzt mal meinen Schnabel halte. Lass uns eine Runde fliegen. Es wird gleich dunkel. Wohin willst du? Was willst du machen?

In die Sterne gucken? → Seite 30
Das Nachtleben erkunden? → Seite 39

Der Typ mit der Drohne

Perfekt, das mache ich liebend gerne! 3…, 2…, 1…, plop!

„What the fuck …? Das ist gerade nicht wirklich passiert, oder?" Hahaha, yeah, gut getroffen habe ich, Headshot.

Die Reaktion unter mir: „Wäääh, so ein beschissener Vogel."

Ich: Haha, nein, ich bin nicht beschissen, du wurdest beschissen, junger Mann.

Drohni-Boy kann nun wohl nicht anders, als seine Drohne vom Himmel zu holen, um sich sein Köpfchen sauber zu machen. Hoffentlich lernt er daraus und guckt in Zukunft auch mal nach oben. Mission erfüllt.

Und was machen wir zwei Hübschen jetzt, wo es langsam dunkel wird?

In die Sterne gucken? → Seite 30
Das Nachtleben erkunden? → Seite 39

Oha, da hat mal jemand Anstand. Du hast schon recht, irgendwie. Frei nach dem Motto: Was du nicht willst, das man dir tut, das füge auch keinem anderen zu. Eine goldene Regel, richtig? Diese Regel gibt's bei uns Vögeln tatsächlich auch. Doch wenn mein Ego oder mein Hunger überhandnimmt, vergesse ich das oft. Dann werde ich zum Egoisten und hole mir einfach das, was ich will. Und ich scheiße auf alles andere. Wortwörtlich. Gut, dass ich dich habe. Vielleicht werde ich durch dich echt noch zu einem besseren Vogel. Man lernt ja nie aus. Das ist übrigens ein superduper Geheimtipp: Wenn du dir von anderen etwas sagen lässt, kannst du nur profitieren. Du lernst, ohne wirklich lernen zu müssen, indem du einfach anderen zuhörst und dir etwas sagen lässt. So wie ich eben dir gehorcht habe. Na gut, ich kann ja nicht anders. Immerhin bin ich immer da, wo du bist. Und du bist da, wo ich bin. Ist das nicht schön? Wir haben eine wirklich innige Beziehung zueinander, nicht? Ich mag dich. Und du? Magst du dich auch? Ich stelle manchmal komische Fragen, sorry. Ich bin nicht gewohnt, dass mir jemand zuhört. Normalerweise denke ich einfach so vor mich hin.

Aber was machen wir denn jetzt? Ich will den beiden auch nicht noch länger beim Streiten zuhören. Das geht mich ja gar nichts an. Wir könnten einfach weiterziehen. Was willst du denn heute Nacht machen? Langsam, aber sicher wird es dunkel.

Sterne angucken? → Seite 30
Party machen? → Seite 45

Du willst wirklich, dass ich auf die Jacke kacke? Uh, das reimt sich sogar. Alles, was sich reimt, ist gut. Na gut, also mach ich's. 3 …, 2 …, zielen … und 1: PLOP! Uii, schön auf die Schulter. Oh, und guck mal, die Kacke hat eine Herzform.

> Mensch 1: „Oh Gott, wie eklig! Hat mich jetzt tatsächlich so ein Kackvogel angekackt? Mist, ey, heute ist wirklich nicht mein Tag."
> Mensch 2: „Haha, ja, kleine Sünden bestraft der liebe Gott sofort. Wärst du mal eben netter zu mir gewesen. Der Vogel hat's doch nur gut gemeint. Guck dir das süße Herz an."
> Mensch 1: „Halt bloß den Mund, Klugscheißer."
> Mensch 2: „Hahaha, ich? Klugscheißer? Du meinst wohl den Vogel."

Hahaha, der hat Humor.

> Mensch 2: „Ach komm, jetzt lach doch mal. Ich liebe dich doch auch mit Vogelkacke auf der Schulter und egal, welche Farbe du trägst."

Oh, wie süß! Da hat mein Herzschiss doch tatsächlich Gutes bewirkt. Guck, jetzt lachen beide wieder. Und sie küssen sich jetzt sogar. Ich nutze noch schnell die Gelegenheit, mir ihre Brotkrümel und Apfelreste zu

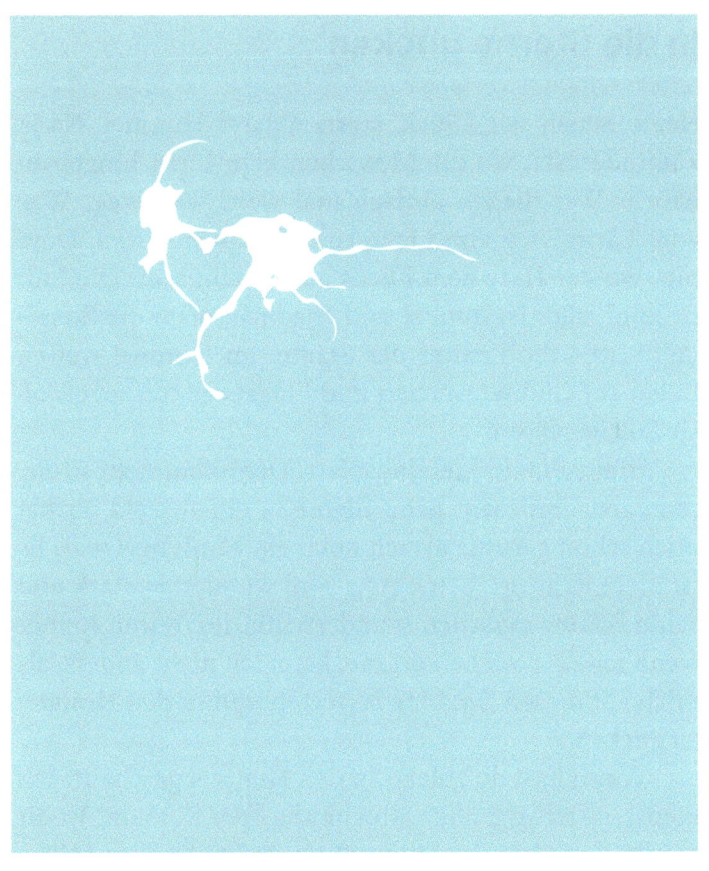

schnappen. Hab heute bisher nur wenig gegessen. Und wir wollen ja noch weiterziehen, oder? Wie willst du denn die Nacht verbringen?

Unter dem Sternenhimmel? → Seite 30
Oder willst du lieber das Nachtleben erkunden?
→ Seite 39

In die Sterne gucken

Heute haben wir Glück, sternenklarer Himmel. Na ja, zumindest da, wo die Menschen kein Licht hingebaut haben. Wir fliegen einfach mal weit, weit weg. Weg vom Lärm, weg von Lichtern und Leuchtkästen. Dorthin, wo der Hase dem Fuchs gute Nacht sagt. Die Luft ist kühl, alles ist dunkel und friedlich, oben die Sterne und unten die Lichter der Städte. Im Himmel treffen Eulen auf Glühwürmchen und Flugzeuge tun so, als ob sie Sterne wären.

Hier ist mein Lieblingsplatz. Der Baum steht so einsam, aber imposant ganz alleine in einem Feld. Er hat mich schon gerufen als ich noch ein Minivogel war. Es ist mein Kraftort. Seine Äste sind wunderbar stark und seine Blätter rauschen wunderschön im Wind. Immer wenn ich hier vorbeikomme, kann ich nicht anders, als mich auf diesen Ast hier zu setzen und in den Himmel zu gucken.

Wann hast du zuletzt in den Himmel geschaut? Ich meine, so richtig, ohne Ablenkung oder Kamera? Ist dir aufgefallen, dass der Himmel riesig ist? Dass es Millionen von Sternen gibt? Dass deine Augen zu schwach sind, um sie alle zu sehen? Dass einige heller leuchten als andere? Dass der Mond sich bewegt? Hast du schon mal Sternschnuppen gesehen? Oder nur Flugzeuge?

Wenn es schon zu lange her ist, dass du in den Himmel geschaut hast, dann scheiß auf dieses Buch. Klapp es zu. Klapp es zu und guck einfach mal in den Himmel. Egal ob Tag oder Nacht – ich bin mir sicher, du entdeckst etwas Schönes. Vielleicht eine tolle Wolken-form, ein Sternbild oder krasse Farben. Und vielleicht siehst du einige meiner Artgenossen. Falls das der Fall ist, pass auf, was da so runterkommt. Ach, und wenn es regnet, hagelt oder schneit, dann schnapp dir dei-ne Sonnen-, Tauch- oder Lesebrille und gönn dir das Schauspiel. 4D-Kino sozusagen.

Der Himmel ist wunderbar und ich darf mich dar-unter frei bewegen, genauso wie du. Er gehört uns allen. Und obwohl er zu allen Tageszeiten besonders ist, bin ich ein großer Fan vom nächtlichen Sternenhimmel. Schau dir das an, da drüben – der Kleine Wagen. Diese Konstellation existiert schon seit Milliarden von Jahren. Das sind Sternfreunde, die es nur als Gruppe gibt. Oder hier: der Große Hund. Ich habe mal einen Astronomen sagen hören, dass viele von den Sternen, die wir sehen, gar nicht mehr existieren. Das Licht der Sterne braucht oft viele Tausende oder sogar Zehntausende von Jahren, bis es bei uns ankommt. Der nächstgelegene Stern nach unserer gigantischen Sonne ist bereits über vier Licht-jahre von uns entfernt. Wir sehen also Sternenlicht am Himmel, das weitentfernte Sonnen – oder Sterne, je nachdem, wie du sie nennen willst – in der Vergangen-heit auf eine Reise durchs Universum geschickt haben. Sie leuchteten bereits für uns, bevor sie uns überhaupt kannten. Ist das nicht ein schöner Gedanke? Oder ist dir das zu kitschig? Du lernst gerade eine ganz neue Sei-te von mir kennen, ich weiß. Aber ich will dich nicht langweilen, deshalb lass ich dich entscheiden:

Soll ich weiter labern? → weiterlesen
Oder willst du doch lieber das Nachtleben erkunden? → Seite 39

Okay, ich laber also weiter. Bin auch so richtig in Stimmung heute. Nun, was ich dir eigentlich sagen will, hier, unter diesem wunderschön glitzernden Nachthimmel, ist Folgendes: Die Sterne leuchten für uns alle. Für dich, für mich, für deinen Freund und für deinen Feind, für deine Freundin und deine Feindin. Jedes Wesen hat seinen Platz unter dem Sternenzelt. Und für alle leuchten die Sterne gleich hell. Sowie auch die Sonne für alle strahlt. Wir gehören alle hierher. Wir teilen uns den Himmel und die Luft zum Atmen. Unter dem Himmel fühlst du dich vielleicht ganz klein und das bist du auch. Und trotzdem bist du sehr groß für die Welt. Du bist groß für die Welt, weil du mit deinem Sein alleine schon so viel in Bewegung setzen kannst. Du kannst dich jeden Tag neu erschaffen und hast die Freiheit, dich jeden Tag neu zu entscheiden. Diese Freiheit ist groß, ja, vergleichbar mit dem Fliegen. Aber klar, wenn du auch noch fliegen kannst, wäre die Freiheit nahezu unbegrenzt. Aber glaub mir, wenn du alle Freiheiten nutzt, die dein Körper und dein Geist dir bieten, kannst du Großes bewegen.

Du bist hier aus einem bestimmten Grund. Du bist hier, so wie du bist, weil das genau so für dich bestimmt war. Der Weg, den du gehst, ist dein Weg. Jeder Schritt bringt dich weiter und lässt dich diese wunderbare Welt entdecken. Dein Weg ist nicht richtig oder falsch, schlechter oder besser, wertvoller oder weniger wertvoll als andere Wege. Er ist einfach dein Weg. Dein Weg, auf dem du dich erschaffen und entfalten kannst. Dein Weg ist einzigartig, genauso wie du. Und genauso wie die Wege aller anderen. Wir sind alle einzigartig und wunderbar. Jeder Mensch und jeder Vogel. Und genau deshalb bist du großartig, auch wenn du dich unter diesem Himmel winzig klein fühlst. Du trägst alles, was du brauchst, bereits in dir. Du hast es in deinem Kopf, in deinem Körper, in deinem Herzen. Du bist vollkommen, selbst ohne Flügel. Und das sagt dir ein Vogel, also nimm es dir zu Herzen. Hab Vertrauen in dich und deinen Weg. Selbst wenn dich ein Vogel ankackt, hat das einen Grund und soll genau so sein. Den Grund für Unglücksfälle oder Schicksalsschläge wirst du in dem Moment, in dem sie passieren, nicht immer erkennen. Doch irgendwann macht alles Sinn. Ich habe das lange genug beobachtet von oben. Glaube mir, auch wenn es dir schwerfällt, einem Vogel zu glauben. Ich wundere mich eh schon, wie du mein Gelabere bis hierher ausgehalten hast. Du bist noch immer so still. Geht's dir nicht gut? Wirklich seltsam. Also wenn du nichts sagst, soll ich dann noch weiter labern oder wird es dir jetzt endgültig zu viel?

Zu viel, ich will jetzt Party machen! → Seite 45
Weiter labern bitte. → weiterlesen

Hier lässt es sich wirklich gut weiterlabern. Bei dieser Stimmung kann man ja nicht anders als sich Gedanken zu machen über das Leben und das Universum. Und zu deinem Glück kannst du meine Gedanken hören. Ich könnte ewig auf diesem Baum hier sitzen, den Grillen zuhören, meine Federn vom Wind massieren lassen und in die Sterne gucken. Doch auch die schönste Nacht wird irgendwann wieder zum Tag.

Wusstest du eigentlich, dass wir alle aus Sternenstaub gemacht sind? Das haben Forscher:innen tatsächlich herausgefunden. Alle unsere Atome sind zu 97 % stellaren Ursprungs. Wir sind alle mit dem Kosmos verbunden. Es befinden sich Energien in der Luft, im Himmel und auf der Erde, die zu uns gehören. So wie Billionen von Daten über das Internet unsichtbar miteinander verbunden sind, so sind auch wir über Energien mit Billionen von Sternen und Planeten verbunden. Alle sind verbunden: Menschen mit Menschen, Tiere mit Tieren, Pflanzen mit Pflanzen und Menschen mit Pflanzen und Tieren und Tiere mit Menschen und Pflanzen. You get it.
Kennst du diese Sätze:

„Hab gerade an dich gedacht."
„Die Welt ist so klein."
„Das habe ich irgendwie kommen sehen."

Das sind Sätze, die du sagst, wenn seltsame Dinge passieren. Deine Intuition lässt dich Entscheidungen treffen und so triffst du „zufällig" Menschen oder fühlst dich zu einer Person hingezogen, die du gar nicht kennst. Das alles sind Hinweise für eine Energie, die in der Luft ist. Und sie ist auch in dir und in mir. Und sie wird nicht vom Internet gestört. Diese Energie ist unzerstörbar, unsterblich. Leider hast du und haben ganz viele andere verlernt, sie zu beachten, ihr Aufmerksamkeit zu schenken. Doch wenn du willst, kannst du dich jeden Tag – oder jede Nacht – mit ihr verbinden. Sie ist immer da. Alles, was du dafür machen musst, ist …, na ja, … nichts. Richtig gelesen, du musst NICHTS dafür machen. Du musst nichts denken und nichts tun. Okay, atmen wäre ganz gut, doch das ist auch schon alles. Wenn du es endlich wieder schaffst, ruhig zu werden, an nichts zu denken und nichts zu tun, kannst du dich mit deinem Ursprung verbinden.

Versuch es mal. Klapp das Buch zu. Und mache einfach mal nichts. Mache es dir bequem, setze dich auf einen Ast oder lege dich in dein Nest. Ähm, ach so, ich meine in dein Bett oder wo du es bequem hast, du weißt schon, was ich meine. Sitze oder liege einfach da. Beobachte deinen Atem und mache ansonsten – nichts. Dir wird auffallen, wie schwierig das ist. Deine Gedanken werden immer noch da sein. Es wird dir schwerfallen, sie zu beruhigen. Versuche dich auf deinen Atem zu konzentrieren und wenn Gedanken auftauchen, solltest du sie nicht festhalten oder bewerten, sondern sie einfach weiterziehen lassen. So wie Wolken am Himmel. Versuch es mal, auch wenn es nur zwei Minuten sind. Mach es dir bequem, und mache dann einfach mal NICHTS. Aber bitte versuche, wach zu bleiben. Ich will dir nachher noch was sagen.

Hier steht nichts.

Na? Hast du auf mich gehört? Oder hast du einfach umgeblättert? Du willst mir doch nicht sagen, dass du zu faul warst, nichts zu tun? Na ja, ich kann dich ja zu nichts zwingen. Trotzdem will ich dir jetzt noch etwas sagen. Ich sag's dir in einem coolen Gedicht. Du kannst es gern auswendig lernen. Hier kommt es:

Sterne glitzern,
der Himmel ist blau,
wir sind alle verbunden,
das weiß ich genau.

So, und jetzt gehe ich schlafen. Heute war ein langer Tag. Bis ich wieder aufwache, kannst du dir schon mal überlegen, was du morgen machen willst. Schlaf gut.

Die Kids im Kindergarten besuchen? → Seite 62
Die Leute im Altenheim besuchen? → Seite 77
Ich will noch nicht schlafen, sondern das Nacht-leben erkunden → Seite 39

Das Nachtleben erkunden

Cool! Ich mag das Nachtleben. Das ist voller Leben und junger Leute. Da gibt es bestimmt viel zu sehen. Aber bevor ich's noch vergesse: Dieses Buch soll ja einigermaßen professionell werden, deshalb ist das hier ein neues Kapitel. Das habe ich jetzt einfach mal so entschieden. Also los, Kapitel 2 oder so: Schon von Weitem hört man die Menschenmenge und die tiefen Bässe. Heute ist Wochenende und die Straßen sind voller junger Leute. Sie lachen, rauchen, trinken – küssen. Und wir beide sind hier, um sie zu beobachten. Wirklich, ich habe nicht vor, mich heute Nacht zu entleeren. Ich werde auf niemanden scheißen, versprochen. Wir beobachten einfach und tanzen eventuell ein bisschen. Die Musik scheint ja laut genug zu sein, um sie auch von hier oben zu hören. Doch jetzt lass uns erst einmal hier auf die Straßenlaterne setzen. Hier sehen wir aus wie die Superstars. Wir lassen uns vom Licht der Laterne einen Heiligenschein geben. Keine Angst, uns wird niemand bemerken. Die Menschen sind alle viel zu beschäftigt, niemand wird nach oben gucken. Von hier können wir den jungen Menschen bei ihren Gesprächen zuhören.

Mensch 1: „Hahaha, ja, er war ja voll Banane letzten Samstag. Ich musste ihn nach Hause tragen."
Mensch 2: „Und dann hat er direkt in sein Bett gekotzt."

Mensch 3: „Ja, haha, ihr ging es auch nicht besser."
Mensch 1: „Nehm' wir noch 'ne Runde?"
Mensch 3: „Klar, fünf Große!"
Mensch 4: „Für mich keins, danke."
Mensch 2: „Was ist denn los? Biste schwanger?"
Mensch 1: „Komm schon, eines geht doch."
Mensch 5: „Oder musst du noch fahren?"
Mensch 4: „Nein, ich muss nicht fahren."

Ich kenne solche Gespräche. Ich höre hier so etwas fast jeden Tag. Trinkende Leute wollen, dass Leute trinken. Trinken ist die Norm und alles, was davon abweicht, muss gerechtfertigt werden. Komm, suchen wir uns etwas Spannenderes. Guck, die hier flüstern, das scheint interessant zu sein.

Mensch 1: „Hast du noch was?"
Mensch 2: „Drei Gramm."
Mensch 1: „Reicht das für heute?"
Mensch 2: „Denke schon, morgen holen wir uns neues."
Mensch 1: „Okay, dann lass uns teilen."

Ich habe den Eindruck, dass sich heute Nacht alle in eine andere Welt beamen wollen. Jedenfalls werden sie glauben, sie seien in einer anderen Welt. Sie machen das mithilfe von Flüssigkeiten, Pulvern und Pillen. Damit betäuben sie ihr Bewusstsein oder erweitern es oder schalten es aus.

Apropos Pille: Habe ich mir das eingebildet oder hat der Typ da drüben gerade eine Pille in das Glas von jemandem geworfen? Ich bezweifle, dass ich mir das eingebildet habe. Oh Mist! Also, ich hab echt nichts gegen Pillen, aber nur, wenn man das selbst entscheidet. Die junge Dame hier hat das ganz bestimmt nicht entschieden. Ich kann nicht anders, ich muss etwas dagegen machen. Schnell!

Was? Ich weiß, ich weiß, wir wollten die Leute einfach nur beobachten, aber das kann ich nicht so passieren lassen. Und ich frage dich jetzt auch nicht nach deiner Meinung. Wenn ich sehe, dass jemand ernsthaft in Gefahr ist, gibt es kein Zögern. Dafür breche ich auch meine Versprechen. Also, Sturzflug, und – wuuuuuuuuuusch! Das Glas ist kaputt.

Mensch 1: „Du verdammter Vogel! Das Glas war noch halb voll."
Mensch 2: „Das war ein Zeichen. Komm, wir gehen jetzt, hattest eh schon genug heute."

Ich bin froh, dass ihre Freundin ein kluges Wort gesprochen hat. Sie steht auf, zahlt die Drinks und ruft ein Taxi. Ihr Freundin hält sie dabei fest bei sich. Der Typ hat meinen Sturzflug von weiter hinten beobachtet und nimmt nun ärgerlich große Schlucke von seinem Whiskey. Hoffentlich sehe ich den Typen nicht noch einmal, denn dann kann es sein, dass ich ganz plötzlich doch mal auf Toilette muss.

Ach, weißt du, mal ganz ehrlich, ein Vogel zu sein ist nicht immer einfach. Ich sehe jeden Tag sehr viele Dinge. Und in den meisten Situationen kann ich nicht viel machen. Und ich kann auch nicht immer überall sein. Und der Grat zwischen Unterhaltung und „Es-nicht-mehr-aushalten" ist sehr schmal. Oft beobachte ich die Leute, wie sie trinken. Wenn Leute trinken, werden sie lustig, deshalb gefällt es mir hier. Plötzlich trauen sie sich auch das zu sagen, was sie denken. Sie werden frecher und sagen, was sie schon lange auf dem Herzen haben. Andere werden aggressiv. Manche lachen auch einfach nur. Andere werden aufdringlich und wollen Fremden ihr ganzes Leben erzählen. Die Leute werden spendabel mit Drinks und Komplimenten. Die, die müde werden, gehen nach Hause. Alle anderen bleiben und trinken weiter. Und wenn das alle machen, denkt auch niemand darüber nach, warum man eigentlich nicht trinken sollte. Während andere Drogen still und heimlich konsumiert werden, wird Alkohol laut und öffentlich konsumiert. Und dabei ist es allgemein bekannt, dass das flüssige Gift dem ganzen Organismus schadet. Alle, die einmal zu viel hatten, können wohl bestätigen, dass sie sich am nächsten Tag nicht gerade munter gefühlt haben. Selbst mich hat es einmal richtig hart getroffen, als ich fast in einem Gin-Tonic-Fass ertrunken wäre. Ich habe so viel Flüssigkeit geschluckt, dass ich mich nur knapp aus dem Fass retten konnte. Irgendwie habe ich es geschafft. Ich taumelte die Straße entlang und konnte mich nur mit ausgestreckten Flügeln auf den Beinen halten. Vom Fliegen konnte ich nur noch träumen. Am nächsten Tag ging es mir richtig dreckig. Erst gegen Abend traute ich mich aufzustehen und wagte die ersten Flugversuche. Gesund fühlte sich das auf jeden Fall nicht an. Und das Krasseste war, dass ich mich einfach nicht mehr an den Abend erinnern konnte. Bis heute nicht. Es ist, als ob mir jemand einfach ein paar Stunden meines Lebens gestohlen hat. Klar, wenn ich geschlafen hätte, wüsste ich auch nichts davon, aber hey, ich war wach und kann mich nicht erinnern. Als ich einem Freund davon erzählt habe, hat er mir gesagt, dass das ein Schutzmechanismus ist. Wir erinnern uns nicht an die Dinge, weil sie uns peinlich wären. Wir würden uns zu Tode schämen und deshalb lässt es uns unser Kopf einfach vergessen. Voll genial irgendwie, oder?

So ist das jedenfalls bei uns Vögeln. Vielleicht ist das bei euch Menschen ja total anders. Vielleicht geht es euch am nächsten Tag auch gar nicht so schlecht wie uns. Das könnte dann auch erklären, warum es Menschen gibt, die sich jedes Wochenende wegknallen. Aber warum knallen sie sich eigentlich weg? Also mal ganz grundsätzlich gefragt: Warum wollen so viele Menschen der Realität entfliehen? Weil es geil ist? Weil sie die Welt dann schöner erleben? Betäuben sie damit den Weltschmerz, den sie tief im Inneren tragen? Betäuben sie ihren Zorn, ihre Traurigkeit, Enttäuschungen oder ein Gefühl von Minderwertigkeit? Oder ist es doch einfach purer Genuss? Genuss, der so guttut, bis er das Einzige ist, was noch guttut? Bis sich aus dem Genuss eine Sucht entwickelt hat? Warum ich darüber nachdenke? Weil ich über alles nachdenke, wenn ich nichts zu tun habe.

Drogen an sich und auch die Sucht, die sich daraus entwickeln kann, finde ich nicht unbedingt problematisch. Alle können frei entscheiden, ob und wie oft sie ihr Bewusstsein erweitern oder einfach nur Spaß haben wollen. Doch wenn ich sehe, dass die Sucht einiger Menschen auch zum Problem ihrer Mitmenschen wird, ist es dann noch das alleinige Problem der Konsumierenden oder ein allgemeines Problem? Ich meine, was kann das 8-jährige Mädchen dafür, wenn ihre Mama das Geld lieber für Drogen ausgibt als für ihre Schulbücher? Warum muss eine Mutter leiden, wenn ihr Sohn nicht mehr ohne Pillen kann? Warum muss ein Kind Gewalt erfahren, weil der Vater seine Aggressionen nicht unter Kontrolle hat?

Das ist dir zu heftig? Oh, es tut mir leid. Ich wollte dich wirklich nicht mit krassem Shit volllabern, wir sind doch hier, um zu feiern und zu tanzen. Und solange ich nüchtern bin, können wir auch noch fliegen. Also los, die Nacht ist noch jung!

Willst du denn hierbleiben und Party machen?
→ weiterlesen
Oder doch lieber in die Sterne gucken?
→ Seite 30

Party machen

Geil, ich liebe Party! Lass uns den dumpfen Bässen folgen. Da scheint eine Menge los zu sein. Ich spür die Wellen des Basses bereits während ich fliege unter meinen Flügeln. Und die Lichter der Straße tragen auch gut zur Stimmung bei. Ich liebe Bass. Der Bass macht mich hibbelig, macht Spaß und Freude und er erzeugt irgendwie ein Gefühl von Macht in mir. Ich liebe Bass. Außer wenn ich schlafen will, dann ist Bass grauenhaft. Ich weiß das, weil ich einmal in einem Fahrradkäfig eingesperrt wurde, ich konnte nicht weg und musste mir die ganze Nacht den dumpfen Klang des Basses vom Club nebenan anhören. Am Anfang habe ich noch getanzt, doch irgendwann konnte ich nicht mehr. Das ist bei Menschen anders. Wenn sie nicht mehr können, können sie einfach noch etwas trinken, etwas schnupfen oder schlucken. Und dann tanzen sie wieder. Der Bass macht süchtig. Der Bass lässt alle Herzen höherschlagen. Vielleicht machen sie wegen der Herzen, wegen der Herzschläge weiter? Vielleicht erinnert uns der dumpfe Ton des Basses an den Herzschlag unserer Mutter, der noch immer tief in uns abgespeichert ist? Gibt uns der Bass ein Gefühl von Geborgenheit, von Liebe und Wärme? Ist nur so eine Vogeltheorie, ich bin jetzt auch wieder still, will ja nicht wieder in einen krassen Deep Talk rutschen. Es kann uns egal sein, warum wir den Bass lieben. Jedenfalls lieben wir ihn.

Der Bass macht süchtig.

Achtung, jetzt wird's laut. Wir fliegen in den Club da. Da, wo der Bass her kommt. Ich nehme den Ausgang für unseren Ausflug. Die Tür ist groß genug, dass ich mit gestreckten Flügeln hineingleiten kann. Ich war schon einige Male hier und weiß genau, wo meine Lieblingsbühne ist. Geradeaus, dann links, dann die Treppe hoch und wieder links. Das ist einer der größten Clubs hier. Jedes Wochenende treffen viele unterschiedliche Nationen und Charaktere aufeinander. Die verschiedenen Gerüche, die Hitze und der Rauch sind eine Herausforderung für meine Sinne, doch der Bass und die Musik machen das alles sehr gut ertragbar. Mein Lieblingsplatz ist dieser Kronleuchter hier. Noch nie hat mich jemand hier bemerkt.

Schau mal, wie sie sich alle bewegen, die einen im Rhythmus, die anderen so, wie es gut aussieht, einige mit geschlossenen Augen und andere bewegen sich, weil sie nicht gerade stehen können. Die einen haben müde Augen und die anderen große Pupillen. Sie tanzen und stampfen und springen und singen, als ob sie in einer anderen Welt wären. Viele von den Leuten tanzen nur hier und heute, zu Hause trauen sie sich nicht. Vom Singen ganz zu schweigen. Hier haben sie mehr Selbstvertrauen, sie trauen sich, sich selbst zu bewegen – ihren Körper und ihre Stimmbänder. Hier sind die Leute irgendwie anders – freier, glücklicher und voller Liebe. Es scheint jedenfalls so.

Oh, guck mal, wie süß die beiden dort drüben sind. Das sieht aus wie wahre Liebe. Und guck, die beiden, wie innig sie miteinander tanzen. Und die zwei Jungs da drüben, die haben sich auch gefunden. Und hier im Eck, die zwei Mädchen. Oh, und sind das eine Mama und ihr Sohn? Oder sind sie zusammen? Und das ältere Paar dort drüben erlebt heute wahrscheinlich seinen zweiten Frühling. Ui, und guck mal die drei da drüben, die sprudeln nur so vor Glück. Liebe überall.

Da bekomme ich auch Lust zu küssen. Willst... Stopp. Oh, ähm, das war mal wieder Reden vor Denken oder Denken vor Denken. Ich wollte dich natürlich nicht fragen, ob du mich küssen willst. Ich würde dir niemals sagen, dass ich Liebe brauche. Niemals. Wir können auch einfach schweigend hier sitzen und zum Takt wippen, in die Leere starren und an unsere Dinge denken. Man muss nicht immer reden.

(...)

Oh, fast hätte mich das Schaukeln des Kronleuchters in den Schlaf gewiegt. Also komm, wir bewegen uns wieder. Lass uns zum Ausgang fliegen und bisschen frische Luft schnappen. Nach rechts, an der Treppe entlang runter und raus ins Freie. Hier auf diesen Zaun können wir uns gut setzen. Es ist schon spät, ich glaube, wir haben über drei Stunden auf dem Kronleuchter verbracht. Mittlerweile ist viel passiert. Die Menschen wurden müder, betrunkener, mutiger, aggressiver: Dort drüben blutet Clemens. Fabian versucht einen Backflip zu machen – er landet auf den Knien. Autsch! Auf der anderen Straßenseite kotzt Silvia. An der Tür beschimpft Laura ihre beste Freundin. Peter findet seinen Autoschlüssel nicht. Maria weint. Jakob schlägt um sich. Fabiana schreit. Olga versucht sich ihre Schuhe zuzubinden. Max findet sein Handy nicht. Gustav hat vergessen, seine Freundin anzurufen. Ingrid wurde die Jacke gestohlen. Katharinas Bluse ist zerrissen. Manuela ist beleidigt, Hannah wütend.

Wir können die Szene bloß von der Ferne beobachten. Mehr können wir nicht machen. Ich würde den Leuten gerne helfen, doch den meisten hier ist nicht zu helfen. Die müssen erst mal wieder zurückkommen aus ihrer eigenen Welt. Das kann dauern und wir können es ihnen leider nicht abnehmen, egal wie sehr wir das wollen.

Jetzt kommt die Polizei. Vielleicht kann die ja etwas in Ordnung bringen. Genau … so zum Beispiel – gute Idee. Erst einmal die Ausweise der Schwarzen kontrollieren. Das ist jetzt das Allerwichtigste. Oh Gott, ich glaub das jetzt nicht.

Ups! Jetzt ist mir doch ein bisschen Kot abhandengekommen. Und genau in den Nacken des Polizisten. Oh, das tut mir aber leid. Sorry, Bulle. Jetzt bist du wohl ein Scheißbulle. Ha! Müll zu Müll, Scheiße zu Scheiße.

Bin nun auch weg, ich will hier nicht länger bleiben. Ich flieg hoch und guck mal ins Schlafzimmer. Kommst du mit? Sorry, das war keine ernst gemeinte Frage, denn diesmal bleibt dir keine Wahl. Obwohl …, du könntest das Buch zuklappen. Ist mir jetzt auch egal, ich fliege auch ohne dich weiter. Ciao Kakao, ich flieg dann mal ein bisschen höher.

Schlafzimmerblick

Oh, schön, dass du da bist. Ich weiß, die Menschen machen sowas nicht. Sie trauen sich nicht, in andere Schlafzimmer zu gucken, und sie schließen die Vorhänge vor den eigenen Fenstern gründlich, bevor sie das Licht anmachen. Was sie aber nicht wissen, ist, dass einige Vögel so nah an ihr Fenster kommen, dass auch nur ein kleiner Spalt ausreicht, um das Geschehen im Schlafzimmer beobachten zu können. Ja, ja, ich weiß, was du jetzt denkst. „Das macht man doch nicht!" Oder: „Wie abartig ist das denn?" Oder: „Darf man denn gar keine Privatsphäre mehr haben!" Blablabla.

Es ist für dich vielleicht abartig oder unangebracht, aber nur aus dem Grund, weil du das so gelernt hast: Sex geschieht heimlich und hinter geschlossenen Türen. Das hat niemanden etwas anzugehen. Zum Glück bin ich kein Mensch. Vögel sind hier viel liberaler eingestellt. Okay, hab schon verstanden. Dir ist nicht ganz wohl bei der Sache, stimmt's? Du siehst ja nicht mal richtig hin. Ich kann das verstehen, es ist eben ein Tabuthema. Man soll andere nicht beim Sex beobachten. Generell sollten Menschen nicht heimlich beobachtet werden, egal wobei. Ist es unmoralisch, wenn Vögel das trotzdem tun? Heute lassen wir das mal als moralisch in Ordnung gelten, denn ich will dir auch Einblick geben in Sachen, über die im Alltag normalerweise nicht gesprochen wird. Man macht bloß Witze darüber. Witze sind in Ordnung. Man zieht die schönste Sache der Welt ins Lächerliche. Ist das nicht lächerlich?

Also, schau her. Die beiden hier, die sind noch sehr jung, wissen eigentlich nicht, wie es genau geht. Aber sie machen es einfach mal. Kann ja nicht so schwer sein. In Pornos haben sie es ja schon hundertmal gesehen. Außerdem kursieren zahlreiche Videos, Bilder und „Anleitungen" unter den Jugendlichen, von denen sie vermeintlich lernen, wie Sex geht.

Trotzdem ist es vielen Menschen peinlich, darüber zu reden. Eltern werden rot, wenn ihre Kinder fragen, was die da eigentlich machen, wenn sie zufällig nackte Menschen in einem Film sehen. Auch Lehrer und Lehrerinnen geben die Aufgabe lieber ab, als selbst über diese intime, unangenehme Sache zu reden. Sie laden Expert:innen ein, die die Jugendlichen aufklären. Diese zeigen den Jungen, wie sie ein Kondom überziehen, und erklären den Mädchen, dass es eine Pille gibt, die sie vor Schwangerschaften schützt. Damit sollen alle Probleme gelöst werden.

Was denkst du eigentlich, wie wir Vögel das lernen? Denkst du, es gibt so viele Tauben, weil sie keinen Sexualunterricht haben? Vielleicht sollten sie auch mal zu Taubensex Expert:innen einladen. Und weil wir gerade von Vögeln sprechen: Wie kommt man bloß darauf, „vögeln" als Synonym für Sex zu verwenden? Ist Sex vergleichbar mit Vögeln? Warte mal – das ist eigentlich ein richtig schönes Kompliment. Ich weiß, Vögel sind wunderbar – aber so wunderbar wie Sex? Ich fühle mich geschmeichelt. Danke, Menschen!

Und dann haben Menschen noch eine ganze Reihe von Synonymen für die Genitalien, weil sie sich dafür schämen, sie beim richtigen Namen zu nennen. Ein Penis ist kein Penis, sondern ein Zipfel, Lümmel, Pimmelmann oder Dödel. Und eine Vulva ist keine Vulva, sondern eine Mumu, Lulu oder ein Kätzchen. Irgendwann wachsen Haare im Intimbereich. Ihr nennt sie Schamhaare. Warum eigentlich? Schämt ihr euch dafür?

Bei Kindern ist es noch okay, wenn sie nackt rumlaufen. Doch sehr bald wird ihnen gesagt, sie sollen sich anziehen, und sie beginnen sich für das Nacktsein zu schämen. Und wehe ein Kind fasst sich an seine Genitalien. Wehe sie entdecken ihren eigenen Körper.

„Barbara, hör auf, dich da unten zu berühren."

„Lukas, nimm die Hand aus deiner Hose."

Sich selbst zu berühren ist TABU. Und genau deshalb, tätscheln sich die beiden hier so unbeholfen ab und wissen eigentlich gar nicht, was ihnen gefällt, wo sie berührt werden wollen und wo nicht. Na gut, wird schon noch ... Es ist ja kein Meister vom Himmel gefallen. Und selbst im Himmel lebende Lebewesen brauchen etwas Übung.

Ui, da vorne hört man auch noch was. Das klingt schon ganz anders. Komm mit! Guck, die hier haben schon etwas mehr Übung.

Mensch 1: „Aahhahha, ist das geil! Du wirst immer besser."

Mensch 2: „Und du erst."

Auf einem Stuhl liegen ein paar Jeans, getragene Socken und über der Lehne hängt ein Kapuzenpullover. An der Wand hängen Kinderbilder. Die beiden kennen sich wohl schon etwas länger. Die Bettwäsche ist mintgrün, sie liegt auf dem Boden. Das Bett knarrt ein wenig. Ihre Körper bewegen sich im Rhythmus der Liebe. Sie bilden eine Einheit – sie lieben sich. Das sieht man. Siehst du es?

Ach egal, lassen wir das. Es ist ja auch nicht so, dass alle Menschen Sex haben. Oder haben müssen. Einige können nicht, andere wollen nicht. Liebe kennt immerhin Tausend Millionen Sprachen und Sex ist bloß eine davon.

Ich zeig dir etwas anderes. Komm mit. Wir fliegen jetzt zu einem meiner Lieblingsfenster. Die beiden hier beobachte ich wirklich gerne. Es ist ein älteres Pärchen. Nach einem Sturz wurde die Frau zum Pflegefall. Sie braucht Hilfe beim Anziehen, Waschen und Zähneputzen. Ihre Beine funktionieren nicht mehr und auch ihre Arme kann sie nur zur Hälfte anheben. Doch sie kann noch lächeln. Und lesen. Sie ist dankbar, das sieht man ihr an. Und sie hat Glück, einen so tollen Mann an ihrer Seite zu haben. Geduldig hilft er ihr jeden Tag ins Bett. Er gibt ihr zu trinken, wenn sie durstig ist, und eine zweite Decke, wenn sie friert. Auch das ist Liebe.

Ab und zu klaue ich von den nervigen Rosenverkäufern, die auf der Straße von Pärchen zu Pärchen laufen, eine Rose und lege sie hier aufs Fensterbrett. Meistens entdeckt die Frau sie zuerst. „Die ist für dich", sagt sie dann lächelnd zu ihrem Mann.

Liebe hat viele Formen. Es ist egal, welche Sprache man spricht oder ob man überhaupt eine Sprache spricht. Es ist egal, woher jemand kommt, wie alt jemand ist oder wie man aussieht. Die Liebe findet immer einen Weg, um sich auszudrücken. Und im besten Fall wird sie auch vom Gegenüber verstanden. Doch nicht selten wird Liebe mit Hass bekämpft. Es gibt noch immer Menschen, die Menschen hassen, weil sie lieben.

Komm mit, wir fliegen ein Stockwerk höher. Hier wohnen Florian und Ferdinand, zwei Männer, die sich lieben. Sie lieben sich der Liebe wegen. Einfach, weil sie alles am anderen gut finden. Seit sieben Jahren leben sie hier in dieser Wohnung. Sie unterstützen sich gegenseitig, helfen sich in schwierigen Zeiten und freuen sich über die Erfolge des anderen. Solange sie hier in der Wohnung sind, dürfen sie sein, wer sie sind. Sie umarmen sich, küssen sich, kuscheln. Sobald sie die Wohnung verlassen, wird das Umarmen weniger, das Küssen fällt ganz weg. Denn immer, wenn ihre Nachbarin Susi sie sieht, wirft sie ihnen böse Blicke zu und beschimpft sie. Sie kennt die beiden nicht, doch sie kann es nicht leiden, wenn sie Hand in Hand durchs Stiegenhaus laufen. Susi hasst die Liebe zwischen den beiden Männern. Wie kann man Liebe hassen? Ich weiß es nicht. Vielleicht aus Angst? Vielleicht hat Susi Angst davor, dass nicht mehr genug Liebe für sie übrig ist, wenn alle um sie herum sich lieben? Wenn sich sogar Männer gegenseitig lieben. Und sich Frauen gegenseitig lieben. Vielleicht denkt sie, es ist so wie mit Geld. Wenn der andere mehr hat, habe ich weniger? FALSCH, Leute, das ist einfach falsch. Susi, falls du das liest: Liebe wird niemals enden. Es wird immer genug da sein. Für alle. Denn wir alle sind aus Liebe gemacht. Solange es uns gibt, wird es auch Liebe geben. Wir können jeden

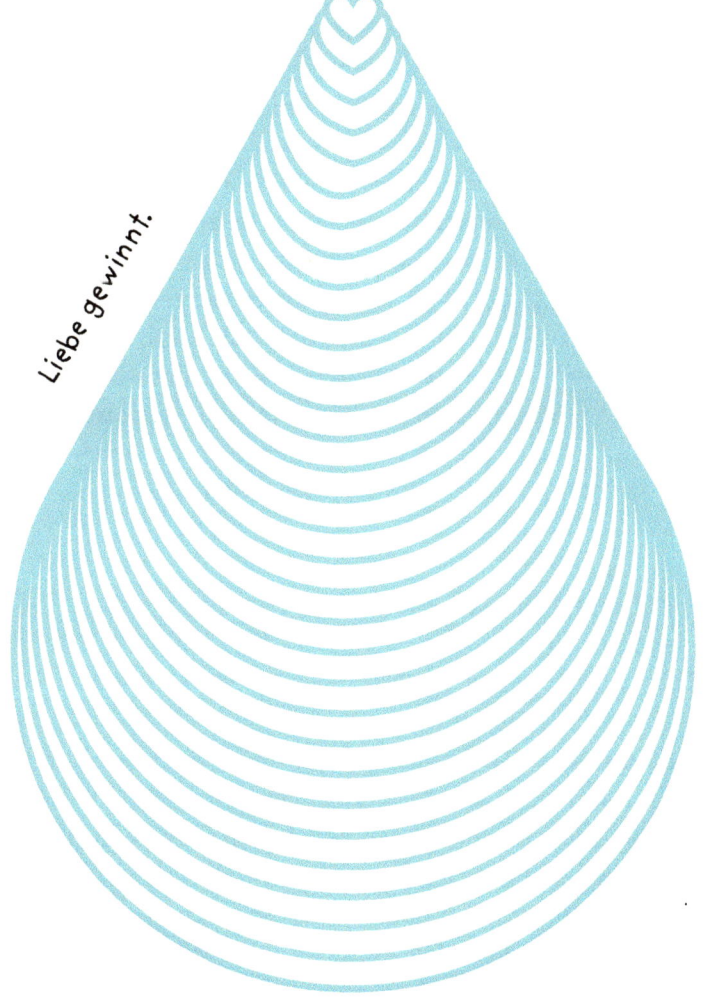

Liebe gewinnt.

Tag Liebe weitergeben und Liebe empfangen. Es kann durch ein Lächeln sein, durch ein Herz-Emoji, durch einen Kuss oder eine Blume. Es kann durch Worte oder durch Taten sein. Selbst wenn du mit Hass konfrontiert wirst, kannst du mit Liebe antworten, und du wirst gewinnen. Wenn du gegen den Hass bist, wenn du mit Hass auf Hass antwortest, dann erzeugst du Druck. Und Druck erzeugt Gegendruck. Sei nicht gegen Hass, sondern für die Liebe.

Und genau deshalb gratulieren Florian und Ferdinand ihrer hasserfüllten Nachbarin zum Geburtstag. An Weihnachten backen sie Kekse und stellen sie vor die Wohnungstür. Am Valentinstag hängen sie einen Blumenstrauß an ihre Türklinke. Es kann wirklich einfach sein, Liebe zu verschenken. Um das alles noch einmal kurz und knapp zu vereinfachen, folgt nun ein kleines Gedicht. Eigens geschrieben, nur für dich – und alle anderen, die dieses Buch lesen, hähä:

Rosen sind rot,
der Himmel ist blau,
Liebe ist stärker,
das weiß ich genau.

Falls du dieses Gedicht kopieren und weiterverbreiten willst – nur zu. Ich melde kein Copyright darauf an. Und jetzt würde ich vorschlagen, wir lassen Florian und Ferdinand wieder ihre Ruhe.

Ich hab auch schon eine Idee, wo wir so spät noch hinfliegen können. Ich kenn da eine Wohnung, dort läuft die ganze Nacht das Radio. Also eigentlich auch den ganzen Tag. Auf voller Lautstärke. Ich habe keine Ahnung, wer in der Wohnung wohnt, die Jalousien sind jeden Tag geschlossen. Irgendwie unheimlich. Im Radio läuft die meiste Zeit Werbung und es wird übers Wetter geredet und über all die schlimmen Nachrichten, die auf der Welt passieren. Ab und zu kommt Musik oder es rufen Leute an.

Manchmal überlege ich, ob die Bewohner:innen des Hauses vielleicht schon längst tot sind und niemand das Radio ausgemacht hat. Es ist nicht weit, nur ein paar Straßen weiter. Die ersten Radiowellen, ähm, die ersten Schallwellen, dringen an mein Ohr. Oh, und ich ahne schon, welches Programm heute läuft. Das Dilemma: eine Show, wo Leute von ihren Problemen, ihrem Zwiespalt erzählen. Sie befinden sich in einem Dilemma und fragen deshalb die Zuhörenden um Rat, weil sie nicht wissen, wie sie sich entscheiden sollen. Lass uns hier landen, von hier kann man die Radiostimmen am besten hören. Das wissen auch andere Vögel. Guck mal, das Fensterbrett ist schon ziemlich abgenutzt vom Landen und Starten der Vögel. Wir setzen uns trotzdem hier hin.

Die erste Hörerin ruft an: „Ich bin seit sieben Jahren mit meinem Mann zusammen und wir haben ein gemeinsames Kind. Unsere Beziehung ist recht ausgeglichen, manchmal gibt's Streit, aber alles in allem harmonieren wir gut. Nun ist es aber so, dass sich in den letzten Monaten das Verhältnis zwischen mir und einem Arbeitskollegen intensiviert hat und ich mich daraufhin in ihn verliebt habe. Seitdem haben wir eine Affäre. Ich kann mir ein Leben ohne ihn nicht mehr vorstellen, aber gleichzeitig liebe ich meinen Mann. Aus meiner Sicht ist es Liebe auf zwei verschiedenen Ebenen. Keine Liebe rüttelt an der jeweils anderen. Am liebsten würde ich beide Beziehungen aufrechterhalten, aber ich vermute, das wird mein Mann nicht akzeptieren. Ich kann mir nicht vorstellen, dass ich die Einzige bin, der es so geht. Was sagt die Radiogemeinde? Muss ich mich entscheiden oder kann ich zwei Männer gleichzeitig lieben?"

Na, was sagst du? Schwierig, hm? Willst du wissen, was ich dazu sage? Ha, natürlich willst du das, du hörst mir ja schon die ganze Zeit über zu. Also, erstens will ich dir jetzt mal sagen, dass die Menschen allesamt viel zu kompliziert sind. Sie sehen überall Probleme und wenn sie keine finden, dann erschaffen sie welche. Zweitens schießen sich die Menschen selbst ins Bein. Sie erschaffen so viele Regeln, bis sie nicht mehr anders können, als sie zu brechen. Und dann fühlen sie sich scheiße, weil sie nicht mal die eigenen Regeln einhalten können. Und drittens, na ja, drittens sprechen sie bevor sie denken und handeln, bevor sie sprechen. Und jeder dieser Menschen glaubt recht zu haben. Okay, damit zurück zum Dilemma der Hörerin. Da ich ein Vogel bin, weiß ich nicht genau, wie sich das mit der Liebe beim Menschen anfühlt. Für mich ist das jedenfalls ein klarer Fall: Wenn ich einen Vogel toll finde und ich mich wohl bei ihm fühle, dann genieße ich die Zeit mit ihm. Und wenn ich am nächsten Tag einen anderen Vogel treffe, den ich auch gut finde, genieße ich die Zeit mit ihm; und wenn ich am nächsten Tag einen anderen Vogel treffe, den ich auch gut finde, genieße ich die Zeit mit ihm; und wenn ich am nächsten Tag einen anderen Vogel treffe, den ich auch gut finde, genieße ich die Zeit mit ihm; und wenn ich am nächsten Tag einen anderen Vogel treffe, den ich auch gut finde, genieße ich die Zeit mit ihm; und wenn ich am nächsten Tag einen anderen Vogel treffe, den ich auch gut finde, genieße ich die Zeit mit ihm. Nerv ich dich? Juhu, das war mein Ziel! Klapp einfach das Buch zu, wenn's dir zu viel wird.

Also, was ich sagen will, ist, ich mache, was mein Herz mir sagt und was ich im Moment für richtig halte. Das hat die Hörerin genauso gemacht. Was es allerdings etwas kompliziert macht, ist, dass ihre Freiheit zu lieben vom Konstrukt der Ehe eingeschränkt wird. In der Ehe wird eine Person geliebt. Es ist unmöglich, zwei Personen gleich sehr zu lieben. Denn dann wird es kompliziert. Für so eine Liebe gibt es keine Regeln. Und die meisten Leute haben Angst vor dem Ungeregelten. Sie wollen geführt werden. Es ist einfacher, sich einzugrenzen, Regeln zu definieren und alles so zu machen, wie man es gelernt hat. Durch diese Regeln entsteht die Möglichkeit der Untreue und des Schuldigen. Liebe bekommt durch die Ehe eine Form. Viele Menschen haben Angst davor, sich von dieser Form zu lösen, einen gefangenen Vogel, ähm, Menschen wieder fliegen zu lassen, denn dadurch bricht ein sicheres Konstrukt auseinander. Ich weiß nicht genau, wie das bei Menschen ist ... Wenn zwei heiraten, ist das dann wie ein Kaufvertrag? Also besitzen die sich dann gegenseitig? Wer macht die Regeln? Der Pfarrer? Versteh mich nicht falsch, ich finde Regeln gut und wichtig. Ohne Regeln würde die Welt sofort in Flammen stehen. Was ich allerdings auch wichtig finde, ist zu verstehen, dass Regeln nicht in Stein gemeißelt sind, sondern eher in Zuckerwasser schwimmen. Sie können sich wandeln und verändern, weil sich alles wandelt und verändert. „Nichts ist so beständig wie der Wandel." Das hat der Philosoph Heraklit schon 500 Jahre vor Christus gesagt. Frag mich jetzt bitte nicht, woher ich das weiß. Und tatsächlich – den Wandel gibt es immer noch.

Also selbst wenn die Hörerin vor sieben Jahren mit den Regeln einverstanden war, muss sie das jetzt nicht mehr sein. Es kann sein, dass sie für einen anderen Menschen dieselbe Liebe empfindet, wie für ihren Ehemann, auch wenn der Platz dafür im Ehevertrag nicht vorgesehen ist. Liebe ist ein freies Gefühl und die Ehe grenzt es ein. Doch wie kann sie das lösen, ohne Regeln und Herzen zu brechen? Also, wenn ich die Hörerin wäre, dann könnte ich ja sprechen. Und was gibt es Besseres, als sprechen zu können? Ja, genau, richtig: Fliegen. Fliegen ist noch besser als sprechen. Wenn sie fliegen könnte, könnte sie einfach wegfliegen. Doch das Zweitbeste nach dem Fliegen ist Sprechen. Ich meine, bevor sie Regeln bricht, könnte sie mit jemandem darüber reden. Mit ihrem Mann zum Beispiel oder mit ihrer Schwester oder ihrem Hund oder mit sich selbst. Wenn sie mit sich selbst spricht, muss sie es nicht einmal aussprechen, sie könnte es einfach vor sich hindenken. Darüber nachdenken, was sie denn eigentlich will.

Okay, ich weiß, ich habe leicht reden. Alle reden leicht, wenn sie sich nicht in derselben Situation befinden. Doch wenn sie selbst reden sollten, bleiben sie stumm und schweigen. Manche schweigen jahrelang. „Reden ist Silber, Schweigen ist Gold." Diesen Spruch habe ich schon oft gehört. Ich sehe das anders, genau umgekehrt: Schweigen ist Silber, Reden ist Gold. Wirklich. Gespräche können so viele Probleme aus der Welt schaffen. Es finden sich Lösungen, einfach, indem Menschen miteinander reden, etwas besprechen, ausdiskutieren, indem du deinem Gegenüber deine Bedürfnisse und Wünsche mitteilst. Ich weiß das, weil ich es oft genug beobachtet habe.

Um seine eigenen Bedürfnisse zu erkennen und auszusprechen, braucht es allerdings Mut. Doch über Dinge zu sprechen ist immer noch leichter als wochenlang, monatelang oder sogar jahrelang ein Päckchen mit sich herumzutragen. Viel leichter.

Oha, nun ist es aber wirklich spät. Die Radiosendung muss ich mir jetzt auch nicht mehr geben. Die Leute wissen eh alles besser. Und ich bin müde. Heute war ein langer Tag. Ich suche mir ein Nest und gehe schlafen. Bis ich wieder aufwache, kannst du dir schon mal überlegen, was du morgen machen willst:

Die Kids im Kindergarten besuchen? → Seite 62
Die Leute im Altenheim besuchen? → Seite 77
**Ich will noch nicht schlafen, sondern noch kurz
in die Sterne gucken** → Seite 30

In den Kindergarten

Guuuuuten Morgeeeeen, liebes Menschlein. Bist du bereit für den Flug in den Kindergarten? Also los, wir wollen keine Zeit verlieren. Am Himmel sind noch einige Wolken. Vor ein paar Stunden hat es noch geregnet. Wir müssen noch ein Stück fliegen, bis wir den Kindergarten erreichen. Ich freue mich, denn ich mag Kinder. Kinder sind super. Und weil sie so super sind, werden sie von ihren Eltern in den Kindergarten oder in die Krabbelgruppe gebracht. Denn Kinder sind nicht nur super, sondern auch superteuer. Und um sie am Leben zu halten, braucht es Nahrung. Und um Nahrung zu erwerben, braucht es Geld – oder einen großen Garten. Und Geld bekommt man für Zeit. Kinder brauchen Zeit. Kinder rauben Zeit. Es ist verhext. Und dann passen fremde Frauen und Männer auf fremde Kinder auf und lassen dafür ihre eigenen Kinder von anderen Menschen erziehen. Und sie bekommen Geld dafür. Hä? Sorry, falls ich dich mit meinen Gedanken verwirre. Überleg dir mal, wie anstrengend das für mich ist, mir jeden Tag meine eigenen, chaotischen Gedanken anhören zu müssen.

Also, weniger denken und mehr erleben. Bald sind wir da.

Aber wie gesagt, Kinder sind super. Sie sagen die Wahrheit, sie zeigen Gefühle und sprechen aus, was sie wollen. Ohne Filter. Kinder können superfrech sein und superanstrengend. Vor allem, wenn ihre Bedürfnisse nicht gehört werden. Und: Alle Kinder sind verschieden. Denn Kinder sind kleine Menschen. Und wie du bereits weißt, sind alle Menschen verschieden. Deshalb gibt es kein ultimatives Kinderhandbuch oder eine Kiddiklopädie, wo einfach alles nachgeschlagen werden kann. Kinder entstehen – im besten Fall – aus Liebe. Sobald sie auf der Welt sind, schaffen es die meisten Babys sogar dank ihrer süßen Babygesichter, Kulleraugen und ein paar besonderen Hormonen bei den Eltern, bedingungslose Liebe zu erfahren. Also scheißegal, wie oft ein Baby in der Nacht schreit – es wird am nächsten Tag genauso geliebt wie am ersten Tag, absolut bedingungslos. Komm, jetzt erlebst du was. Ich höre sie schon von Weitem.

Kind 1: „Du bist dran."
Kind 2: „Haha, warte, ich krieg dich."
Kind 3: „Laaaaauuuraaaaa, gib mir meine Puppe zurück."
Kind 4: „Geh weg, Buben dürfen hier nicht sein."
Kind 5: „Ich muss aufs Klooooo."

Die Kinder im Kindergarten sind alle gleich alt. Gleich alt heißt, sie müssten auch ungefähr gleich entwickelt sein. Sie sollten gleich entwickelt sein, weil das System das so vorsieht. Der Druck, irgendwo dazuzugehören, beginnt schon hier. Guck da drüben: Paul hat ein Seil mitgebracht. Er zeigt den anderen Kindern, dass er zehnmal am Stück über das Seil springen kann. Olivia versucht es auch. Sie schafft es nur einmal. Sie versucht es noch einmal und noch einmal.

Erzieher: „So, Kinder, ab ins Spielzimmer."

Olivia wird in ihrem Lernprozess unterbrochen. Einige Kinder lernen schneller, andere langsamer. Doch für alle dauert die Pause im Freien gleich lang. Wenn ein Kind die ersten Gehversuche macht, wird es einige Anläufe brauchen, um zu verstehen, wie die Bewegung abläuft, um sicher stehen zu bleiben. Es ist ein bisschen wie Lotto spielen. Das Kind versucht verschiedene Varianten, bis eine gelingt. Der Bewegungsablauf wird als „getestet und bestanden" abgespeichert und kann beim nächsten Mal wieder geladen werden. Das ist beim Fliegenlernen übrigens dasselbe. Weißt du, wie oft ich auf den Schnabel gefallen bin, bis ich gecheckt habe, dass ich die Flügel einfach ausgestreckt lassen muss? Ha! Da haben meine Artgenossen schon längst auf den höchsten Bäumen gesessen und mich von dort oben ausgelacht.

Ja, und wenn jetzt ein Kind, sagen wir, im Lotto gewonnen hat, also es kann jetzt frei gehen, dann hat es einen riesigen Vorteil. Es kann die Welt in aufrechter Haltung erkunden und so noch mehr entdecken, noch mehr lernen. Während andere Kinder noch am Boden krabbeln, kann das gehende Kind schon Bälle auf deren Köpfe fallen lassen oder versuchen, auf Hunderücken zu klettern. Und wenn es gelernt hat, auf Hunden zu reiten, kann es ganz bald auch Fahrrad fahren. Und wenn es Fahrrad fahren kann, kann es bald die Welt erobern. Wenn dem Kind etwas gelingt, wird es das automatisch wieder tun, weil es Spaß gemacht hat. Kinder, die langsamer lernen oder deren erste Versuche nicht erfolgreich waren, hinken hinterher. So wie Olivia jetzt Paul hinterherhinkt und traurig ist, dass sie nicht weitermachen durfte. Das hat nichts mit Intelligenz oder Talent zu tun, sondern einfach mit der Tatsache, dass Olivia noch ein paar Versuche mehr gebraucht hätte. Ich bin der lebende Beweis. Auch wenn ich der letzte Vogel im Nest war, der fliegen gelernt hat, bin ich trotzdem so klug wie siebenmal gesiebter Sand. Das wirst du doch nicht bestreiten wollen, oder? Na also. Zurück zum Kindergarten, dort macht eine Erzieherin gerade ihren Job.

Erzieherin: „Ach komm, Gustav, das Öffnen der Schuhe haben wir ja schon hundertmal geübt. Du gehst nächstes Jahr in die Schule, bis dahin musst du das aber alleine können."

Aaaarghhhhh, das macht mich wahnsinnig. So eine Kacke! NICHTS, GAR NICHTS MUSS GUSTAV! Überleg dir mal: Wenn du eine Tomate aus deinem Garten ernten willst, würdest du dann lieber warten, bis sie rot ist, um dann ihr wunderbares Aroma genießen zu können? Oder würdest du die Tomate am 17. August ernten, weil da nun mal der Erntetermin für die Tomate eingetragen ist? Egal, wie hellgrün sie noch ist? Es ist doch scheißegal, wie alt ein Kind ist, wenn es in die Schule kommt. Viel wichtiger ist, dass es in seinem Tempo reifen kann und sich dann unter all den anderen roten Tomaten wohlfühlt. Mit der äußeren Stärke wird auch das Selbstwertgefühl des Kindes gestärkt. Wie deprimierend wäre es doch, als einzige hellgrüne Tomate in einem Korb voller roter Tomaten zu liegen.

Ach ja, und die gelben Tomaten gibt es auch noch. Das sind die, die überhaupt niemand haben will. Die gelben Tomaten sind eine andere Sorte, die werden wohl nie rot. Auch nicht, wenn sie noch ein Jahr länger im Kindergarten bleiben. Diese Tomaten werden als sonderbar oder komisch eingestuft. Sie sind anders als die meisten anderen. Ihnen wird eine Krankheit zugeschrieben oder eine Behinderung. Wobei ich bei „Behinderung" nicht sicher bin, ob sie sich selbst oder die anderen behindern? Sie sind nicht be-hindert. Sondern be-sonders, be-deutsam, be-gehrenswert, be-wundernswert und be-zaubernd.

Was mich auf etwas anderes bringt. Was alle Kinder gemeinsam haben, ist ihre bemerkenswerte Fantasie. Sie können sich Dinge vorstellen, von denen die meisten Erwachsenen wortwörtlich nur träumen können. Komm mit, wir fliegen ans Fensterbrett. Schau hier, die Kleine da, sie ist meine Lieblingskünstlerin. Ihre Erzieher:innen sehen das leider nicht.

Erzieherin: „Oh Mathilde, was malst du denn Schönes?"
Kind: „Das ist ein Vogel mit einem Regenschirm."

Erzieherin: „Aber wo sind denn die Flügel von dem Vogel?"

Kind: „Dieser Vogel braucht keine Flügel."

Erzieherin: „Das ist aber nicht gut, wenn er keine Flügel hat. Ein Vogel braucht doch Flügel. Wie soll er denn sonst fliegen können?"

MIT DEM REGENSCHIRM, DU FANTASIELOSE NELKE! Oh, wie mich das aufregt. Ich muss jetzt wirklich auf mich achten, mir stehen schon die Federn zu Berge. Ich lass dich entscheiden: Wie willst du jetzt weitermachen?

Willst du noch hierbleiben? → Weiterlesen
Oder sollen wir uns zum Runterkommen etwas
Nikotin von der Luft holen? Ich kenne eine gute
Bar nebenan → Seite 71

Okay, also wenn du hierbleiben willst, dann kann ich aber nicht länger zusehen. Ich hol mir jetzt einen der Kinderregenschirme und flieg rauf aufs Dach. Der Wind passt. Jetzt werde ich der Nelke mal zeigen, wie so ein Vogel fliegen kann.

Sturzflug, wohooooo,. 1 …, 2…, 3 – freier Faaaa-aaaaaaaaaaaaaaaaalllllll! Hoffentlich sehen sie mich! UUuuuhuiiiii.

Ein Vogel braucht doch Flügel,
wie soll er denn sonst
fliegen können?

Mathilde zeigt aufgeregt zum Fenster: „Schaaaaau, da! Da, da, da ist ein Vogel mit einem Regenschirm. Genauso einen habe ich gezeichnet."

Aber anstatt in Richtung Fenster zu schauen, guckt die Nelke einfach zu Boden und schüttelt den Kopf: „Ach, Mathilde, ich würde gerne mal die Welt mit deinen Augen sehen."

Manche Menschen wollen einfach keine Wunder sehen. Die Welt ist fantasielos und grau. Es ist traurig. Na ja, einen Versuch war's wert. Aber zum Glück hat wenigstens Mathilde mich gesehen und hört hoffentlich in Zukunft nicht mehr auf die dummen Kommentare der Erwachsenen – „Da fehlt aber was" oder „Das ist doch falsch" oder „Dein Bruder hat das aber besser gemacht". Blablablaaa! Liebe Kinder da draußen, falls ihr das irgendwann lest: Bitte hört nicht auf die Bewertungen eurer Mitmenschen. Malt das, was ihr wollt. Bastelt das, was euch gefällt. Spielt, wie ihr wollt, und hört nicht auf die Kommentare und Regeln der fantasiearmen großen Menschen. Ihr seid wunderbar und macht gar nichts gut oder schlecht, sondern alles genau richtig!

Und jetzt brauche ich aber wirklich ein bisschen Nikotin. Oder zumindest einen Schluck von deinem Kaffee. Der Sturzflug war nicht gerade einfach und die Landung war eher ein Crash als ein elegantes Ankommen. Nun sind wir also wieder am Boden. Nah an den Menschen. Ich bin noch ein bisschen hibbelig vom Flug, ich war lange nicht mehr so adrenalingeladen. Das solltest du auch mal probieren. Du nimmst aber besser einen etwas größeren Schirm bei deinem Gewicht. Sorry, das war gemein. Gibst du trotzdem einen aus? Kaffee, meine ich.

Ja, komm, weil du es bist! → Weiterlesen
Nö, keine Lust, vielleicht ein andermal.
→ Buch zuklappen

Kaffeekränzchen

Ach, ist das schön. Die Sonne ist auch schon wieder da und wärmt meine Federn. Die Angestellten haben die Tische und Stühle nach dem Regen wieder trocken gewischt. Danke für die Einladung, das ist wirklich nett von dir. Huch, das tut gut, einfach mal sitzen und gar nichts machen – auch wenn's nur die Untertasse ist, auf der ich sitze. Hmhhm und das Nikotin in der Luft tut auch echt gut. Ich atme mal gaaaaaaanz tief ein. *Hust* *Hust* Oha! Das war vielleicht etwas zu tief. Na ja, immerhin bin ich jetzt wieder etwas entspannter. Wie schön das hier ist ... Lass uns einfach mal den Moment genießen und lauschen, was so an den Nebentischen gesprochen wird.

Mensch 1: „Nervig, dieses eklige Wetter hier. Ich will zurück an den Strand."

Mensch 2: „Wo warst du noch mal? Die Schwester von meinem Schwager ist zurzeit auf Teneriffa. Wie die sich das wohl leisten kann?"

Mensch 1: „Ich war in Thailand, drei Wochen, viel zu kurz."

Mensch 2: „Und jetzt bekommt sie auch noch ein Kind. Sie wohnt doch nur in dieser kleinen Wohnung. Wie sie das wohl macht?"

Mensch 1: „Ach Gott, und morgen wieder ins Büro, wie mich das ankotzt."

Ich sage jetzt mal gar nichts dazu. Ich lass die einfach noch ein bisschen quatschen. Dir ist eh nicht fad, oder?

> Mensch 3: „Guck mal, hier im Onlineshop gibt's 50 % Rabatt. Ich kauf mir gleich zwei."
> Mensch 4: „Brauchst du denn alle beide?"
> Mensch 3: „Is doch egal, kostet ja nichts."

Gönn dir!

> Mensch 5: „Hey, hey, hab nicht so lange Zeit. Muss gleich wieder los. Wie geht's dir?"
> Mensch 6: „Na ja, meine Freundin und i..."
> *Riiiiiing Riiiiiing ...*
> Mensch 6: „Oh, da muss ich ran. Sorry."

> Mensch 7: „Was nimmst du eigentlich für'n Make-up? Deine Haut sieht immer so schön glatt aus."
> Mensch 8: „Hier, das hat mir eine Freundin geschenkt, geil, ne? Deckt richtig schön ab."
> Mensch 7: „Und wie! Das muss ich mir auch holen."

Bin ich froh, dass ich ein Vogel bin ...

> Mensch 9: „Hey Bro, schön dich wieder mal zu sehen."
> Mensch 10: „Jo, finde ich auch. Was geht ab bei dir? Hast du die Kleine noch am Start?"

Das kannst
du wohl laut
sagen.

Mensch 9: „Ne, kein Bock, Mann, ist mir alles zu fix geworden."

Mensch 10: „Ha, kann ich verstehen. Geil, Mann, dann bist du Samstag auch dabei?"

Mensch 9: „Jo, safe, wird richtig gut, wieder mal richtig abheben. Das letzte Mal ist viel zu lange her."

Mensch 10: „Was machst du mit deiner Tochter? Bleibt die bei Tanja?"

Mensch 9: „Ja klar, die soll sie nur nehmen, will sie sonst ja auch immer."

Ich muss bald mal …

Mensch 11 „Hast du das auch gelesen? Die wollen jetzt den Flughafen schließen."

Mensch 12: „Ne, nicht wirklich, oder? Das können die doch nicht machen."

Mensch 11: „Doch, hab ich gelesen. Soll wohl mit den steigenden Terroranschlägen zu tun haben."

Mensch 12: „Ja, die Scheißmoslems."

Mensch 11: „Das kannst du wohl laut sagen."

Ich muss nun richtig dringend.

Mensch 13: „Boa ey, was sollte das eben bitte?"

Mensch 14: „Was ist das denn für ein hinterhältiges Miststück! Die kauft einfach dieselben Schuhe wie ich."

Mensch 13: „Das macht die immer. Ist zu dumm, ihren eigenen Style zu haben."

Mensch 14: „Ja, voll, und hast du ihren neuen Haarschnitt gesehen? Das kannst du doch nicht machen bei der Kopfform, Jungeee."

Mensch 13: „Hahahaha, wollte eben genau dasselbe sagen. Bin so froh, dich zu haben. Love you."

Mensch 14: „Ich dich auch, meine Maus."

Wenn sie eine Maus ist, dann fresse ich sie gleich.

Mensch 15: „Ich dachte, du hast mit dem Rauchen aufgehört, nachdem du im Krankenhaus warst?"

Mensch 16: „Ja, schon ..."

Mensch 15: „Aber?"

Mensch 16: „Aber irgendwann sterben wir sowieso alle. Also ..."

Mensch 15: „Also rauchst du wieder. Aber komm mir nie wieder damit, dass du keine Kohle hast."

Mensch 17: „Die kommen hierher, nehmen uns die Arbeitsplätze weg und können dann auch noch gratis wohnen."

Mensch 18: „Ja, verdammte Scheiße! Die sollen sich ein anderes Land suchen."

Mensch 19: „So ein Angeber!"

Mensch 20: „Und dabei bekommt er die Kohle bestimmt von seinem Papi zugesteckt."

Mensch 21: „Entschuldigen Sie die Störung, darf ich Ihnen eine Frage stellen?"
Mensch 22: „Haben Sie eben gemacht. Also los, aber schnell."
Mensch 21: „Okay, danke. Was denken Sie, entwickelt sich die Welt in Zukunft zum Guten oder zum Schlechten?"
Mensch 22: „Zum Schlechten."
Mensch 21: „Warum?"
Mensch 22: „Na, wegen Krieg und Krise und so."
Mensch 23: „Genau, sehen wir auch so."
Mensch 21: „Hier, ein Flyer, wie Sie in dieser schrecklichen Welt besser überleben werden. Sie finden uns auch im Internet."

Jetzt reicht's. Ich muss jetzt mal. Ich fliege absichtlich in Kreisen, damit ich so viele wie möglich treffe. Dann haben sie mal echte Scheiße, über die sie reden können. 3, 2, 1 ... Plopploppploppploplopp! Und jetzt komm mit, wir verziehen uns. Jetzt haben wir uns etwas Spaß verdient. Wohin willst du?

Zum See? → Seite 83
In die Innenstadt? → Seite 88
Oder doch noch schnell zum Altenheim?
→ Seite 77

Ins Altenheim

Du willst also ins Seniorenheim. Wow, vorbildlich. Für die meisten sind Senior:innen so etwas wie Restmüll. Sie stören die Gesellschaft. Alles, was langsam ist und langsam isst, stört die Gesellschaft. Doch irgendwer muss sich dann doch Zeit für sie nehmen. Die eigenen Kinder oder Enkelkinder haben auf jeden Fall keine Zeit. Sie müssen zur Arbeit, um Geld zu verdienen, damit sie später Geld für ihr Seniorenheim haben. Oder nein, warte, das wäre doch widersprüchlich ... Vielleicht ist es widersprüchlich?

Die Lösung für das Problem liegt auf der Hand. Man bringt die Alten alle zusammen, steckt sie unter ein Dach und erschafft so eine Massenpflegestelle. Die Alten sind unter den Alten, die Arbeitenden unter den Arbeitenden. Das ist 100 % ressourcensparend. Und dabei werden auch noch Arbeitsplätze geschaffen. Genial.

Komm, wir fliegen mal los. Es ist ein ziemliches Stück bis zum Altenheim. Aber wir schaffen das. Zum Glück blieben wir gestern nüchtern. Der Wind ist auf unserer Seite, so ist das Fliegen einfach.

Die Alten haben viel zu erzählen und so viel weiterzugeben – Geschichten, Lektionen, Werte. Aber wer hört ihnen zu? Kinder lieben Geschichten. Doch die Kinder sind nicht da. Die sind im anderen Haus. Und die Erwachsenen haben keine Zeit. Also erzählen sie die Geschichten den Pflegenden, immer und immer wieder. Diese nicken verständnisvoll. Aber wirklich Zeit zum

Rosen sind rot,
Der Himmel ist blau,
zum Leben gehören Freunde,
das weiß ich genau.

Zuhören haben sie auch nicht. Die Angestellten kümmern sich um dreißig Seniorinnen und Senioren. Sie waschen sie, helfen beim Anziehen und beim Essen. Einige kommen ganz gut alleine klar, andere brauchen sehr viel Unterstützung. Einige jammern die ganze Zeit, andere beschäftigen sich selbständig und wieder andere langweilen sich zu Tode. Zu Tode – leider ja.

Ich habe mal eine Untersuchung gemacht zu der Frage: Wer stirbt zuerst? Klingt gefühllos, ich weiß. Aber ich weiß auch, dass alle irgendwann sterben. Zumindest verlassen alle irgendwann ihren Körper. Es ist nur eine Frage der Zeit. Und dieser Frage habe ich mich über drei Jahre lang gewidmet. Wer stirbt zuerst? Das war meine Forschungsfrage. Jeden Tag habe ich die Leute hier beobachtet. Wer stirbt zuerst, wer zuletzt? Sind es die körperlich Fitten, die Hübschen, die Reichen oder die Lachenden? Ich mache es jetzt nicht spannend. Es muss auch nicht immer alles spannend sein. Also, hier kommt das Resultat meines dreijährigen Forschungsprojekts: Die Leute, die sich viel mit anderen Menschen und Heimbesucher:innen ausgetauscht haben, haben am längsten gelebt. Sie bekamen viel Besuch und brachten sich im Heimleben ein. Sie spielten Karten und unterhielten sich mit den anderen Heimbewohner:innen. Diese Menschen haben auch am meisten gelacht und sich am meisten bewegt. Sie waren von Menschen umgeben, die sie gern hatten. Sie hatten Freunde und Familie um sich. Die, die am wenigsten soziale Kontakte pflegten, starben zuerst. Sie waren einsam und sahen keinen Spaß mehr im Leben. Aus

diesem Resultat, meine lieben Damen und Herren, lässt sich Folgendes ableiten:
Rosen sind rot,
der Himmel ist blau,
zum Leben gehören Freunde,
das weiß ich genau.

Alte Menschen sind weise. Die beste Schule, die sie hatten, war das Leben. Es hat sie geformt, verwundet und gestärkt. Die Alten sind die besten Lehrer:innen, doch viel zu oft verstummen sie. Sie verstummen und trotzdem will man sie am Leben erhalten. Mit allen Mitteln wird versucht, das Leben der Sterbenden zu verlängern. Jahrelang werden sie gepflegt, gefüttert, gewaschen und gekämmt. Pillen lassen sie einschlafen. Pillen lassen sie wieder aufwachen. Tag für Tag. Wer gehen will, darf nicht. Wer entscheiden will, hat keine Stimme mehr. Ihre Stimmen werden nicht gehört, wollen nicht gehört werden.

Guck, da vorne sieht man schon das Gebäude, wo wir hinwollen. Ich will nicht ins Gebäude, lieber chille ich draußen im Park des Altenheims. Komm lass uns auf diese Parkbank setzen. Heute ist nicht so viel los. Vielleicht sind wir etwas früh. Normalerweise werden hier die Alten von den Pfleger:innen an die frische Luft gebracht. Natürlich wird die Situation von den Heimbewohner:innen genutzt, um in den sozialen Austausch zu kommen. Sie fangen an, von sich und ihrem Leben, aber auch von ihrem Lebensende zu reden. Immer wieder höre ich in den Gesprächen Sätze wie:

„Ich vermisse sie, ich vermisse sie so sehr."
„Langsam wird es Zeit."
„Mein Bruder wartet schon auf mich."
„Ich freue mich."

Wann darf Leben beendet werden? Wann darf Leben verlängert werden? Ich will dich ja wirklich nicht mit philosophischem Tiefgrund langweilen, aber überleg dir mal: Was, wenn der Tod nicht das Ende ist, sondern der Anfang von etwas Größerem? Was, wenn der Tod nicht schwarz ist, sondern weiß? Was, wenn der Tod dir Flügel verleiht und du fliegen lernst? Alles, was du über den physischen Tod weißt, ist, dass es ihn gibt. Eines Tages wirst du sterben und eines Tages werde auch ich sterben. Doch an allen anderen Tagen nicht. An allen anderen Tagen nicht. Es ist ein bisschen wie russisches Roulette – du weißt nicht, wann es dich trifft. Und solange du es nicht weißt, denkst du nicht daran. Du blendest den Tod aus. Du sprichst nicht darüber. Du siehst ihn nicht. Du ignorierst ihn. Bitte hör auf damit. Der Tod ist dein ehrlichster Freund. Dein bester Ratgeber. Wenn ich nicht weiß, was ich machen soll, wohin ich fliegen soll oder worauf ich scheißen soll, weißt du, was ich dann mache? Ich stelle mich tot. Und dann stelle ich mir die Frage: Was würde ich machen, wenn ich noch am Leben wäre? Das ist mein Geheimtrick. Wenn du dich einmal totgestellt hast, wird alles klarer. Aber

Achtung: Pass auf, dass du dich beim Totstellen nicht wirklich tötest. Atme immer weiter, bitte. Dein Leben ist wertvoll. Es ist wertvoll, weil du weißt, dass es endet. Der Tod gibt deinem Leben seinen Wert. Also beziehe den Tod in dein Leben mit ein. Immer und überall. Lerne, den Tod zu lieben, und du wirst die Angst davor verlieren. Ein Vogel kann erst fliegen, wenn er seine Höhenangst vergisst.

Guck, die Frau hier: Sie freut sich auf den Tod. Sie freut sich auf ihren Mann und ihren Bruder. Sie weiß, dass es jeden Tag so weit sein kann. Jeden Tag bedankt sie sich bei ihrer Pflegerin. Und jeden Sonntag schreibt sie ihrer Tochter eine SMS: „Ich liebe dich."

So, genug jetzt mit unseren ernsten Gesprächen. Nun haben wir uns wirklich etwas Spaß verdient. Wohin willst du?

In die Innenstadt? → Seite 88
Oder zum See? → Seite 83
Oder doch noch schnell zum Kindergarten?
→ Seite 62

Am See

Juhu, ich liebe den See im Sommer! Dort treffe ich mich auch gerne mit meinen Kumpels zum Essen. Vor allem im Sommer gibt es dort richtig viel zu naschen. Heute ist wunderbares Wetter, es sind bestimmt viele Leute dort. Uoh, wie ich das Fliegen liebe! Perfekten Aufwind haben wir heute. Komm, lass uns noch eine Runde drehen, bevor wir zum See fliegen. Guck runter, die Teenies laufen auch schon in Richtung See. Die haben jetzt wohl Schulferien. Komm, wir fliegen denen mal hinterher – bei den Jungen geht immer was ab. Und sie haben meistens geiles Essen dabei. Zwei Jungs und zwei Mädels. Sieht aus wie ein Doppeldate. Ich liebe Doppeldates. Kaum angekommen, springen die Jungs ins Wasser. Ein Mädchen springt hinterher. Das andere nicht.

> Junge 1: „Hey Lena, was ist denn los? Bist doch sonst nicht so wasserscheu?"
> Junge 2: „Komm doch ins Wasser, Lena!"
> Mädchen 1: „Keine Lust ..."
> Mädchen 2: „Oh menno, warum bist du dann überhaupt mitgekommen?"

Was sie wohl hat, die Lena? Sie kann doch bestimmt auch schwimmen. Die drei anderen toben im Wasser. Lena sitzt alleine am Ufer. Sie lässt ihre Beine ins Wasser baumeln. Nach einer Weile greift sie heimlich in ihren Rucksack und versteckt irgendetwas in ihrer Hand. Wo will sie denn hin? Sie läuft zur Toilette. Oh, deswegen wollte sie nicht mit ins Wasser. Sie hat ihre Tage und sie schämt sich dafür. Niemand soll mitkriegen, dass sie blutet. Geht auch niemanden etwas an. Obwohl … eigentlich geht das die anderen sehr wohl etwas an. Wenn sie nämlich wüssten, dass Lena ihre Tage hat, würden sie sie gar nicht erst dreimal fragen, warum sie nicht mit ins Wasser kommt. Sie würden verstehen, warum sie sich heute nicht danach fühlt. Doch Lena sagt es ihnen nicht, weil man nicht darüber spricht. Obwohl rund die Hälfte der Menschen menstruiert, ist das Thema noch immer tabu. Warum? Weil Blut eklig ist? Weil es aus der Vagina kommt? Aus der übrigens auch du mal gekommen bist. Die Leute sprechen doch auch über Blutwurst, Blutabnahme und auch Blutbäder in Krimis schrecken sie nicht ab. Warum ist das Blut der Frau ein Tabu? Normalerweise liebe ich Geheimnisse, doch die Monatsblutung ist ein Geheimnis, das gelüftet werden muss. Ich finde, es sollen alle darüber Bescheid wissen, einfach, weil es total genial ist und alle davon profitieren. Und damit wieder zu meiner Frage: Wie wollen wir an dieser Stelle weitermachen?

Willst du einen kleinen Ausflug in das weibliche Wunderland machen? Ich zeige dir keine Bilder von blutenden Vulven, keine Angst. → Seite 94
Falls du keine Lust auf diesen Ausflug hast, bleiben wir einfach hier. → weiterlesen

Wir bleiben also noch ein bisschen hier und genießen die Sommerluft. Ich liebe es, wenn die Sonne meinen Schnabel wärmt und eine feine Brise meine Federn streichelt. Manchmal braucht man wirklich nicht viel mehr außer ein bisschen Sonne und frische Luft. Wie gut wir es doch haben. Dieser Baum, auf dem ich gera-

Die Natur ist voller Fülle,
sie produziert im Überfluss.

de einen Zwischenstopp mache, wandelt die ganze Zeit CO_2 in Kohlenstoff und Sauerstoff um. Den Sauerstoff schenken sie uns. Einfach so. Damit wir wieder Luft zum Atmen haben. Guck dir mal diese wunderbaren Tannenzapfen an. Das ist eine gewaltige Mathematik. Die Samen wachsen spiralförmig nach oben, damit möglichst viele Samen auf engstem Raum Platz haben. Alle 137° schießt ein Samen hervor. Dasselbe Muster befolgen auch Ananasse – sagt man das so? – und Sonnenblumen. Und guck mal da unten! So viele verschiedene Blumen und Farben. Die Natur ist voller Fülle, sie produziert im Überfluss und schenkt uns so viel. Und trotzdem haben die Menschen nie genug. Trotzdem wollen sie immer mehr. Und dann haben sie zu viel und schmeißen es weg. Lieber wegwerfen statt weiterschenken. Ja, ja, ich bin schon still. Ich werde jetzt wirklich mal meinen Schnabel halten, damit du alles genießen kannst. Oder? Ach komm, das ist doch auch dumm, du könntest ja einfach das Buch zuklappen, wenn ich dir zu anstrengend werde. Solange du weiterliest, werde ich auch weiter labern. Es gibt so viele Dinge, über die man reden oder nachdenken kann … Aber es stimmt schon, manchmal wäre es besser, einfach mal seinen Schnabel zu halten. Manchmal reicht es auch, einfach nur da zu sein. Manchmal ist es nicht einmal angebracht zu singen oder zu fliegen. Manchmal ist es das Beste, einfach nur da zu sein, voll und ganz, jemandem zuzuhören, auch wenn die Töne noch so schräg klingen. Richtig zuhören ist eine Kunst – du glaubst nicht, wie oft Vögel aneinander vorbeireden. Niemand hört dem anderen richtig zu.

Bei den Menschen ist das auch nicht viel anders. Manchmal sind sie so mit sich selbst und ihren Gedanken beschäftigt, dass sie zwar nach dem Gegenüber fragen, aber ihm nicht wirklich zuhören. Sie sagen, dass sie doch zuhören, starren aber nebenher auf ein Display. Sieh dir das Pärchen und das Kind da unten an. Der Mann und die Frau haben ihre Picknickdecke ausgebreitet und liegen nun nebeneinander. Heute ist der einzige Tag der Woche, an dem sie beide frei haben. Alle zusammen sind zum See gefahren, um den Tag gemeinsam zu verbringen. Und was machen sie, seit sie hier sind? Sie scrollen durch Social-Media-Kanäle, sortieren Bilder aus, tragen Termine in ihre Kalender ein und chatten mit ihren Freunden und Freundinnen. Sie leben nicht im Hier und Jetzt, sondern dort und dann. Und wenn sie miteinander reden, reden sie nicht miteinander. Sie reden aneinander vorbei. Und das Kind guckt derweil ins Tablet.

Ich bin so froh, dass es keine Tablets für Vögel gibt. Und keine Smartphones und keine Fernseher. Das Einzige, was ich ab und zu brauchen könnte, ist ein GPS-Navigationssystem. Das würde mir viele Flügelschläge ersparen. Apropos Flügelschläge, wie viel Uhr haben wir eigentlich? Ich bin hungrig. Deshalb steht wieder eine Entscheidung an.

Hast du Lust auf einen Döner? → Seite 109
Oder soll's lieber was Schickes sein? → Seite 101
Oder sollen wir doch noch kurz in die Innenstadt?
→ Seite 88

In der Innenstadt

Die Innenstadt ist aufregend. Hier gibt es immer etwas zu beobachten. Ich liebe es, den Leuten bei ihren hastigen Einkäufen und Terminen zuzuschauen. Manchmal sitze ich hier stundenlang und beobachte sie. Die einen sind sportlich gekleidet, die anderen elegant, wieder andere hip, doch die meisten sind unauffällig und grau. Menschen zeigen ihre Werte und ihren Charakter durch ihre Kleidung, ihre Frisur, ihren Style. Oder vielmehr: Sie versuchen es. Viele sehen auch einfach so aus, wie Menschen im Moment auszusehen haben. Oder was der Trend sagt. Das ist wirklich witzig. Alle paar Monate ändern sich die Trends. Vor einigen Wochen liefen hier gefühlt nur weiße Sneakers umher, jetzt sind es schwarze Plateauschuhe. Ach, wie gerne ich doch Schuhe hätte. Leider kann ich sie nicht tragen, weil ich dann nicht mehr fliegen kann. Ich müsste mir superstarke Flügel antrainieren, die mich und meine Schuhe in der Luft halten können. Eine andere Möglichkeit wäre, nur noch auf meinen Beinen herumzulaufen, aber nee, Schuhe sind zwar geil, doch das Fliegen würde ich dafür nicht aufgeben. Und barfuß zu sein ist eigentlich auch nicht so schlecht. Ich kann den warmen Sand unter meinen Füßen spüren oder den nassen Asphalt oder den weichen Waldboden. Barfuß laufen massiert alle meine Nerven, es macht mich lebendig. Das kennst du doch auch, oder? Oder nicht?

Ach so, die Menschen haben Städte und Siedlungen gebaut, Autobahnen, Straßen und Gassen. Du spürst die Erde nicht mehr unter deinen Füßen. Du spürst den Boden nicht mehr. Und auf schmutzigen Straßen machen Schuhe ziemlich viel Sinn. Vor allem schöne Schuhe. Schuhe aus Kautschuk, Schuhe aus Leder, rosa Schuhe, gelbe Schuhe, Sandalen, Moon-Boots, Gummistiefel, Flipflops. Oh, Flipflops, wie ich ihr Geräusch liebe! Flip-flop-flip-flop-flip-flop. Das hat etwas Meditatives. Hier ist leider nicht der Ort für Flipflops, dafür müssten wir an den Strand oder ins Schwimmbad. Aber wir sind ja nicht zum Meditieren hier, sondern um Spaß zu haben. Komm, lass uns mal zur Eisdiele fliegen. Dort gibt es bestimmt auch den einen oder anderen heruntergefallenen Keks für uns. Vielleicht landen wir auf der Spitze der Bude, auf dieser bunten Plastikeistüte. Von hier ist der Blick bestens. Guck, da kaufen gerade zwei Eis.

Mensch 1: „Ja, das Eis haben wir uns jetzt verdient. War ein anstrengender Tag."
Mensch 2: „Das stimmt, aber ich bin überglücklich über all die schönen Sachen, die ich gefunden habe. Kann es gar nicht erwarten, die Teile alle anzuziehen."
Mensch 1: „Geht mir genauso."

Guck, wie die beiden strahlen. Was für ein Glück die Menschen haben. Sie haben Geld und können sich damit alles kaufen, was sie glücklich macht. Wenn sie wollen sogar jeden Tag, vorausgesetzt, sie haben genug Geld. Na gut, so viel Geld braucht man auch wieder nicht. Manchmal reichen fünf Euro für ein neues T-

Shirt. Es muss ja nicht immer das Beste sein. Wichtig ist, dass es neu ist und Freude macht. Zumindest für den Moment. Und wenn die Freude nachlässt, kann man sich wieder ein neues Shirt kaufen. Etwas verstehe ich allerdings nicht: Was macht man eigentlich mit so vielen T-Shirts? Ich beobachte hier Leute, die sich fast jede Woche ein neues Teil kaufen, weil es ihnen gefällt oder weil sie so aussehen wollen wie die Menschen auf den Plakaten oder einfach, weil es sie glücklich macht. Es ist schön, glückliche Menschen zu sehen, die aus Geschäften kommen. Aber warum brauchen sie so viel Kleidung? Ich meine, sie können ja jeden Tag nur ein Shirt tragen. Was machen sie mit all den anderen? Ich kenne mich mit Mode und Kleidern wirklich nicht gut aus, immerhin habe ich Federn. Aber jetzt, wo ich so darüber nachdenke, fällt mir etwas ein: Eines Tages bin ich über eine Wüste geflogen und habe plötzlich bunte Berge unter mir entdeckt. Ich dachte kurz, ich hätte mich geirrt und wäre in Peru und nicht in der Wüste. Doch als ich etwas tiefer flog, sah ich, woraus die Berge bestanden. Es waren Klamotten. Ein riesiger bunter Haufen Kleidung. Sie lagen einfach da und wurden nicht mehr getragen.

Ein anderes Mal bin ich ein ziemliches Stück in die andere Richtung geflogen und habe gesehen, wie ganz viel neue Kleidung eingepackt und auf ein Schiff geladen wurde. Und dann kam ein Schiff, von dem alte Kleider abgeladen wurden. Warum kamen die Kleider zurück? Ich verstehe das nicht. Aber ich bin bloß ein

Vogel, vielleicht kann ich das nicht verstehen. Ich kann nur beobachten. Und ich kann fliegen.

Ich bin damals also vom Hafen etwas weiter über das Land geflogen und landete auf dem Dach eines Vorortes. Dort gibt es keine Einkaufsstraßen wie hier. Die Leute kaufen sich keine T-Shirts, nein, sie nähen sie. Vor allem Frauen und Kinder nähen Kleidung wie am Fließband. In riesigen Hallen. Ich habe mal ein paar Nächte in so einer Halle verbracht, es war wegen einer lieben Bekanntschaft. Ganz gewiss hätte ich es in der Halle nicht noch eine Nacht länger ausgehalten. Die Luft war staubig, die Nähmaschinen laut. Die Atmosphäre angespannt. Die nächste Lieferung musste am Morgen fertig sein. Das Schiff wartete schon. Die fleißigen Hände arbeiteten die ganze Nacht und wagten es nicht, Pause zu machen. Wenn ein Fehler passierte oder die Nähte nicht schnell oder sauber genug genäht waren, hörte ich einen Mann schreien.

Bis so ein T-Shirt auf dem Schiff landet, braucht es viele Schritte. Aus Fasern werden Fäden gezwirbelt, aus Fäden werden Stoffe gewoben, aus Stoffen werden Teile geschnitten, diese Teile werden zusammengenäht, abgesteppt, gelabelt, gebügelt und eingepackt. Das wird alles von Menschen gemacht, von Menschen oder Maschinen, die von Menschen bedient werden. Von Menschen für Menschen sozusagen. Und Menschen zahlen Geld für ihr neues T-Shirt. Und das Geld kommt zu den Menschen, die es genäht haben. Doch auf dem Weg dorthin wird das Geld weniger und weniger. Etwas bekommt das Transportunternehmen, etwas bekommt das Zollamt, ein bisschen geht an Werbeagenturen, viel kommt zur Marke, ganz viel bekommt der Konzern und schlussendlich landet ganz wenig in den staubigen Taschen der Frauen und Kinder, die in den dunklen Hallen stehen. Es sind Frauen und Kinder, die ohnehin nicht viel haben. Kein fließendes Wasser, keine Rentenversicherung, keine Unfallversicherung, keinen gerechten Arbeitsvertrag. Alles, was sie haben, ist ihr Job in der Fabrik und ihre Familie, die sie ernähren müssen. Und wie reden Menschen über den Preis all der Dinge, die sie ständig neu kaufen, während sie sich ein Eis holen?

> Mensch 1: „Hast du gesehen, wie teuer die Jacke war in diesem einen Geschäft? Die spinnen ja wohl."
> Mensch 2: „Ja, total, finde ich auch. Kann sich doch kein Mensch leisten."
> Mensch 1: „Auch das Eis hier war mal günstiger."
> Mensch 2: „Stimmt, aber immerhin ist es gut."

Nur wer den wahren Wert kennt, wird auch dafür bezahlen. Und überhaupt kaufen die Leute lieber viele günstige Sachen und weniger teure, aber gute Sachen. Lieber vier Jacken für fünfzig als eine für zweihundert Euro. Und wenn eine kaputtgeht, kann man sich ja wieder eine neue holen. Irgendwer wird sich schon um die alten Kleider kümmern. Und vielleicht wird sogar jemand glücklich damit. Apropos Glück, weißt du, was mich jetzt megaglücklich machen würde? Richtig gutes

Essen, denn ich habe riesigen Hunger. Also, wo wollen wir etwas essen?

Hast du Bock auf einen Döner? → Seite 109
Oder soll es lieber etwas Schickes sein?
→ Seite 101

Das weibliche Wunderland

Cool, dass du mitgekommen bist. Herzlich willkommen im Wunderland. Wie du vielleicht gemerkt hast, sind wir keinen Zentimeter geflogen. Das liegt daran, dass wir nicht wirklich ins Wunderland fliegen, sondern bloß eine Fantasiereise dorthin machen. Sorry, falls ich dich damit enttäusche. Ein echtes weibliches Wunderland ist leider nicht so einfach zu bereisen. Also wird es eine Fantasiereise. Gerne würde ich jetzt mit ruhiger Stimme sagen: „Schließen Sie Ihre Augen und stellen Sie sich vor, wie Sie ein kunterbuntes Wunderland betreten." Doch ich kann dir ja nicht sagen, dass du die Augen schließen sollst, denn dann kannst du ja nichts mehr sehen. Du musst deine Augen bitte offenlassen und die Fantasiereise lesend mit mir machen. Du schaffst das. Ich glaube an dich.

Also los. Lass uns die Reise beginnen. Mach es dir bequem. Lies Zeile für Zeile und werde dabei immer ruhiger. Ich schreib hier noch eine Zeile, damit du mehr Zeit hast, dich zu beruhigen. Und um dich zu nerven. Hähä ... Jetzt geht's aber los. Atme ruhig ein und aus. Eiiiin und Auuuus. Eiiiin und Auuuus. Stell dir vor, wie du immer leichter wirst und plötzlich abhebst. Du schwebst und lässt dich vom Wind tragen. Du fliegst durch ein ziemlich finsteres Tal, schaust dich um und gleitest langsam weiter bis ans Ende des Tales. In Wahrheit ist es nicht das Ende des Tales, sondern der Anfang einer ganz besonderen Landschaft. Plötzlich erkennst du einen Tunnel in einem der Berge. Mit viel Schwung gleitest du durch den Tunnel. Am Ende des Tunnels wirst du von strahlendem Licht empfangen. Es ist so hell, dass du blinzeln musst. Herzlich willkommen im kunterbunten Wunderland des weiblichen Menschenwesens! Du siehst lauter bunte Blumen, Schmetterlinge und immer wieder ziehen rosa Schleierwolken vorbei. Der Boden ist fruchtbar und die Gräser satt und grün. Es ist Frühling. Im Frühling nimmt das Wunderland seine schönste Form an.

Ach komm, hören wir auf mit diesem Gefasel. Ich will doch nur, dass du das auch raffst, was ich hier erzähle. Ich rede jetzt mal Klartext: Der Boden ist ein Symbol für die Eizelle der Frau. Im Frühling ist der Boden höchst fruchtbar und heißt alle Samen herzlich willkommen. Wenn hartnäckige Samen zu Besuch kommen, bleiben sie im Boden und beginnen zu sprießen. Es wachsen Babys heran. Und wenn keine Samen kommen, dann ist der Frühling trotzdem toll. Die Frau hat mehr Energie und Kraft als in der kalten Jahreszeit. Ja genau, richtig kombiniert. Im weiblichen Wunderland gibt es auch vier Jahreszeiten, die alle zusammen allerdings nicht ein Jahr dauern, sondern nur etwa einen Monat. Jede einzelne Phase dauert etwa eine Woche. Und jede Phase hat ihren Sinn und ihre Berechtigung. Da ist so viel Potential für Wandel und Wachstum. Im Winter zum Beispiel, beim Loslassen der unbefruchteten Eizelle, können Blockaden entstehen. Es piekst, sticht oder zieht. Um die Blockaden zu lösen, muss gut hingeschaut und hingehört werden, dann können sie auch wieder gelöst werden. Blockaden sind kein Fluch, sondern ein

Segen. Sie helfen dabei, alte Dinge loszulassen und sind eine Aufforderung, dem Körper das zu geben, was er braucht. In dieser Zeit ziehen sich zyklische Wesen gerne zurück. Sie freuen sich, wenn es regnet oder wenn sie einfach so im Bett bleiben dürfen.

Doch nicht immer hat das Wunderland Macht über die Außenwelt. Viel zu oft wird das weibliche Uhrwerk ignoriert und vom männlichen bestimmt. Das weibliche Wunderland funktioniert nämlich nach den Prinzipien des Mondes. Das helle Licht, das dich bei der Fantasiereise empfangen hat, war nicht das Licht der Sonne, sondern das des Mondes. Das Prinzip der Sonne passt nicht ins Wunderland. Die Sonne ist linear und konstant – sie ist männlich. Die Sonne ist ein Fixstern, jeden Tag leuchtet sie gleich stark. Sie passt nicht ins weibliche Wunderland, denn hier ist alles wandelbar, dynamisch, beweglich – es ist weiblich. Wer ist eigentlich auf die Idee gekommen, der Sonne einen weiblichen und dem Mond einen männlichen Namen zu geben? Die Sonne müsste eigentlich „der Sonne" heißen und der Mond „die Mondin". Die Italiener:innen haben es gerafft, auch die Spanier:innen. Aber ich will nicht schon wieder oberschlau sein. Alles gut.

Das Leben im Wunderland ist also ein Kreislauf. Ein Zyklus. So wie die Jahreszeiten sich jedes Jahr wiederholen, so wie Bäume ihre Blätter verlieren und Katzen ihre Haare. Es ist eine eigene geniale kleine Welt und diese wird angetrieben von körpereigenen Hormonen. Und weil kein Wunder unerforscht bleibt, wurde versucht, die Hormone nachzubauen, um so das Verhalten der Jahreszeiten beeinflussen zu können. Es gibt nämlich Frauen, die wollen auf gar keinen Fall, dass sich im Frühling Samen einnisten und zu sprießen beginnen. Sie wollen keine Babys. Und viele Männer auch nicht. Anstatt den unfruchtbaren Winter abzuwarten, manipulieren sie einfach die Jahreszeiten. Sie machen das so geschickt, dass alle Samen, die versuchen sich einzunisten, nicht vom Boden aufgenommen werden. Auf gut Deutsch: Die Pille oder andere hormonelle Verhütungsmittel gaukeln dem Samen vor, dass hier schon ein Samen liegt und dass kein Platz mehr für ihn ist. Es wird eine Schwangerschaft vorgetäuscht. Die ganze Zeit. Das Wunderland hat also die ganze Zeit Sommer. Klingt vielleicht erst einmal cool, ist es auf lange Sicht aber nicht. Es braucht den Winter, damit sich der Boden erholen und neue Kraft getankt werden kann.

Ach, und bevor du dich wunderst, warum ich so gut über das Wunderland Bescheid weiß: Ich hab mal auf dem Balkon einer WG gewohnt. Es war eine Mädels-WG. Sie wohnten schon eine sehr lange Zeit zusammen und haben sich dadurch sehr gut kennengelernt. Die Mädels tauschten sich untereinander über ihren Zyklus aus und wussten so genau, wie die Stimmungslage der anderen war. Und dabei habe ich sehr viel gelernt. Du kannst dich geehrt fühlen, dass ich dieses kostbare Wissen nun an dich weitergebe.

Wenn eine Frau über ihr Wunderland Bescheid weiß, weiß sie, warum sie an manchen Tagen weniger und an anderen mehr Energie hat, wann sie alleine sein will, wann sie kreativer ist als an anderen Tagen, wann

die beste Zeit für schwierige Gespräche ist oder wann es ihr leichtfällt, sich um Abrechnungen zu kümmern. Das Leben in einem zyklischen Körper ist nicht anstrengend oder sinnlos. Nein, es ist spannend, wunderbar und voller Geschenke und Möglichkeiten, daran zu wachsen. Rund um den Eisprung zum Beispiel läuft das bunte Wunderland zu seiner Höchstform auf. Es generiert am meisten Energie, strahlt von innen nach außen und hat viel Kraft und Motivation. Wer das weiß, kann diese Phase nutzen – auch nicht-menstruierende Wesen. Die Monatsblutung ist keine Bestrafung und auch nicht nur ein Hinweis, nicht schwanger zu sein. Die Monatsblutung ist der Anfang eines wunderbaren Zyklus. Sie ist ein Wunder. Und alle, die das Wunder erleben dürfen, müssen es feiern.

Gutes Schlusswort, oder? Wir kommen also wieder zurück aus unserer Fantasiewelt. Wir kommen wieder an im Hier und Jetzt – „Sie dürfen die Augen nun wieder öffnen." Auch wenn du sie die ganze Zeit offen hattest, ich wollte dich nur sanft aus der Fantasiewelt zurück in diese Welt bringen. Hach, so ein Ausflug kann doch wunderbar sein, oder? Ich liebe den Perspektivenwechsel. Wie möchtest du nun weitermachen?

Möchtest du weiter die Zeit hier am See genießen?
→ Seite 85
Oder ist dir das zu fad und du willst doch lieber in die Innenstadt? → Seite 88

Etwas Schickes

Yeah, cool, ich weiß, wo wir uns etwas Schickes holen können. Es gibt hier in der Nähe ein Haus, dort wird meistens sehr lecker gekocht. Und viel. Es ist nicht irgendein Haus, es ist ein Haus mit Dachterrasse und Pool. Die geladenen Gäste kommen in Abendgarderobe, in langen Kleidern und mit hohen Schuhen, in Anzügen und mit Krawatten. Nur Vögel dürfen nackt oder so kommen, wie sie sind.

Die Leute dort haben genug. Deshalb finde ich es auch gar nicht gemein, wenn ich mir ab und zu etwas vom Grill stehle. Also los – das wird dir gefallen.

Das Buffet wurde soeben eröffnet. Ouhh, lecker! Guck dir diese Häppchen an. Ich hol mir schnell was. Oh, und vielleicht nippe ich noch etwas an dem Champagner, die Leute scheinen gerade alle beschäftigt zu sein. Es sitzen viele am Tisch. Sie reden übers Business, über Kontakte, Beziehungen, Immobilien und Autos. Alle haben etwas, worüber sie reden können. Ich kann ja nicht wirklich mitreden, aber ich kann zuhören. Mhmm, der Champagner ist lecker. Lange nicht mehr in solch einen Genuss gekommen. Gut, dass uns niemand groß beobachtet, so haben wir das ganze Büfett fast für uns. Und trotzdem können wir von hier aus das Geschehen gut beobachten. Diese Leute prahlen mit ihrem Geld, ihrer Karriere, ihrem nächsten Urlaub und in welche Schulen sie ihre Kinder schicken. Sie leben das, wovon so viele träumen. Sie haben genug Geld, Luxusgüter und genügend Urlaubstage. Sie besitzen so viel, weil sie lange studiert und hart dafür gearbeitet haben, oder ihre Eltern oder Großeltern. Oder weil sie Glück hatten. Sind sie dadurch besser als andere? Muss man sie mit „Sie" ansprechen?

Als dieses Penthouse gebaut wurde, war ich auch schon hier. Ich fand es spannend zu sehen, wie so ein Haus aus dem Nichts gebaut wird. Auf der Baustelle wurde noch niemand mit „Sie" angesprochen. Die Arbeiter:innen schufteten jeden Tag von morgens bis abends, um den Bau zum festgelegten Datum fertigzustellen. Es war ein unrealistisches Datum, deshalb mussten sie sich beeilen. Sie waren geschickt in ihrem Handwerk. Sie arbeiteten hart. Doch im eigenen Zuhause hatten sie keinen Swimmingpool. Sie wohnten auch in keinem Penthouse und hatten auch keinen SUV. Sie kamen mit der Bahn zur Arbeit. Sie hatten all das nicht, obwohl sie hart arbeiteten. War ihre harte Arbeit weniger wert als die Arbeit der Leute hier? Ich meine, ohne Handwerker:innen könnten wir hier nicht sitzen. Es gäbe keinen Tisch, keine Stühle, keine Mauern, keine Säulen, kein Gebäude. Die Gäste müssten am Boden sitzen. Und die Straße wäre nicht gepflastert, die Wiese nicht gemäht. Mir würde das nichts ausmachen, von mir aus braucht es auch keine Handwerker oder überhaupt Menschen. Doch die Leute hier würden ganz schön arm aussehen ohne Maurer:innen und Schreiner:innen, ohne Installateur:innen, ohne Straßenarbeiter:innen, ohne Lackierer:innen, ohne Ofenbauer:innen und Bauern und Bäuerinnen. Sie hätten wahrscheinlich nicht mal Autos, mit denen sie angeben können. Und wenn sie welche hätten, würden sie nicht weit kommen damit. Die Straßen wären von der Natur überwuchert. Vielleicht sind die Handwerksberufe doch nicht so unwichtig? Wer hat eigentlich entschieden, dass manche Berufe wichtiger sind als andere? Warum ist die Arbeit eines Managers mehr wert als die eines Bauers? Ich hab das jedenfalls nicht entschieden. Ich entscheide hier gar nichts. Ich esse nur und beobachte. Mhmm, das war lecker. Ich hol mir schnell noch etwas, bevor es zur Hauptspeise geht.

Ich frage mich ab und zu, ob denn die Leute hier glücklicher sind als ich. Wenn sie alles haben und jeden Tag so geiles Essen bekommen. Sind die Menschen hier glücklicher als ich? Ich meine, wie viel glücklicher als ich kann ein Wesen eigentlich sein? Ich habe zwar keinen Swimmingpool oder kein Drei-Gänge-Menü an jedem Tag. Dafür habe ich aber auch nichts, worüber ich mir Sorgen machen muss. Ich habe nicht mal ein fixes Nest. Wenn ich so überlege, muss es ganz schön viel Arbeit sein, wenn man so viele Dinge besitzt. Je mehr Dinge jemand besitzt, desto mehr Zeit braucht er oder sie doch auch, um sich um all die Dinge zu kümmern. Reparaturen, Wartungsarbeiten, Updates ... Es werden Versicherungen abgeschlossen, die im Schadensfall einen Geldbetrag zurückerstatten. Manche schließen sogar Lebensversicherungen ab. Im Falle eines plötzlichen Todes oder Unfalls haben sie dann wenigstens noch die Lebensversicherung schwarz auf weiß. Dann lebt wenigstens der Besitz noch weiter. Manchmal frage ich mich, ob das Glück tatsächlich an materielle Werte gebunden ist. Klar, brauchen die Menschen

Sind die
Menschen hier
glücklicher?

materielle Dinge, um überhaupt überleben zu können. Kleider zum Beispiel oder Werkzeuge und Maschinen, um Landwirtschaft betreiben zu können. Damit werden die Grundbedürfnisse zum Überleben gestillt. Und ein Mensch muss schließlich leben, um glücklich zu sein. Doch braucht ein Mensch mehr als das Notwendige, um immer glücklicher zu werden, oder ist Glück auch in Armut möglich? Ich bin glücklich, obwohl ich nichts habe. Also was habe ich, dass ich glücklich sein kann? Ich habe nur mich, meine Flügel und Federn. Das heißt, alles Glück muss irgendwo in mir sein. Vielleicht bin ich selbst Glück? Und weil ich nichts anderes habe, wo ich es suchen kann, habe ich es gefunden? Vielleicht sind auch alle Menschen ihr eigenes Glück? Vielleicht finden sie es bloß nicht mehr vor lauter Ablenkung und den vielen Dingen um sie herum. Vielleicht müssen sie mal alles loswerden, um ihr Glück wiederzufinden. Mit „alles" meine ich auch ihr Gefühl von „Nicht-genug-haben" und die Angst davor, nicht zu überleben, weil ihnen etwas fehlt. Solange die Angst da ist, im Mangel zu leben, wird ein Mensch nie dauerhaft glücklich sein. Und auch kein Vogel.

Immer mehr, immer höher, immer weiter. Das Glück liegt in der Zukunft oder in der Vergangenheit. "Wenn ich das und das habe, dann bin ich glücklich" oder "Früher, da war alles besser". Doch kein Mensch wird jemals in der Zukunft leben oder die Vergangenheit noch einmal erleben können. Jedenfalls nicht auf diesem Planeten. Glück lebt in der Gegenwart. Es ist Zufriedenheit. Im Frieden sein mit dem, was da ist, was jetzt da ist.

Das, was du und ich gemeinsam haben (abgesehen von unserer Coolness), ist das Beste überhaupt: Wir beide leben. Es ist das Leben selbst, was eigentlich schon reichen sollte, um glücklich zu sein. Denn dass ich und du und alle hier am Leben sind, ist gar nicht so wahrscheinlich - es ist eigentlich ein ziemlicher Zufall, es ist pures Glück. Dass ich so viele Sturzflüge überlebt habe, das grenzt an ein Wunder. Und dass du es durch die ganze Schwangerschaft und die Geburt und die Kindheit und Jugend und all das geschafft hast, ja, das ist ein fast noch größeres Wunder. Das Leben kann gefährlich sein, aber auch leicht. Meistens ist es leicht, glaube mir.

Also, meine Rezeptur zum Glücklichsein: Sei hier, mit all deiner Aufmerksamkeit. Und dann fliege – oder atme einfach, tief und bewusst. Erinnere dich, dass du lebst. Schenke dir ein Lächeln, feiere das Leben – du hast genügend Gründe dafür.

Und ich werde das Leben nun mit einer dieser Nachspeisen feiern, die Auswahl sieht ja superlecker aus. Was für eine schwierige Entscheidung. Ich weiß nicht ... Ich glaube, ich esse einfach von allem ein bisschen.

Okay, nun bin ich definitiv satt. Wenn ich ein Fisch wäre, wäre ich jetzt wahrscheinlich ein Kugelfisch. Oder ich bin der erste Kugelvogel auf Erden. Ein Avantgarde-Vogel sozusagen. Gut, dass dieser Tisch stark genug ist, und man keine Krümmung sehen kann, weil ich nun mein doppeltes Gewicht auf den Rippen habe. Ich bin nicht mal sicher, ob mich meine Flügel noch tragen können. Ich muss auf jeden Fall noch ein bisschen verdauen, bis wir weiterfliegen. Die Dämmerung setzt langsam ein. Am Himmel färben sich die Wolken lila. Eine Lichterkette beginnt zu leuchten. Außerdem werden ein paar Säulen zu rot-gelben Flammen, sie imitieren ein Feuer. Auch unten an der Straße gehen nun die Laternen an und an den Fassaden blinken Leuchtreklamen. Die Schaufenster sind beleuchtet, an den Fabriken verwandeln sich die Logos in blinkende Schauspiele und in einigen Büros brennt noch Licht. Schade, dass ich so die Sterne nicht sehen kann. Trotzdem ist die Stimmung hier grandios. Guck doch, jetzt fängt sogar noch eine Band zu spielen an. Und ein Mann kommt mit mehr Champagner. Exklusiv für die geladenen Gäste. Ja, ich gebe schon zu, so etwas passiert hier auch nicht alle Tage, aber vor allem nicht für alle Menschen. Manche Menschen haben einfach Glück, haben wohlhabende Eltern, können sich ein Studium leisten und dadurch einen finanziell lukrativen Job bekommen. Sie haben Glück, dass sie keine großen gesundheitlichen Probleme haben oder von Schicksalsschlägen aus der Bahn geworfen werden. Für manche ist der Weg asphaltiert und eben, für andere führt er über Stock und Stein und bergauf. Die einen schwimmen mit dem Strom, während andere ständig dagegen ankämpfen. Während einige immer erfolgreicher, wohlhabender und angesehener werden, werden andere von der Schule geworfen, verlieren einfach so geliebte Menschen oder ihr Baby stirbt. Warum? Warum haben manche Menschen Pech und andere Glück? Warum gibt es Leid und Kummer, Trennung und Schmerz? Warum braucht es diese Niederlagen? Was wollen uns Rückschläge und Lebenskrisen sagen?

Fragen über Fragen. Fragen können zum Nachdenken anregen. Und ihre Formulierung kann die Antwort beeinflussen. Wenn ich frage: „Bist du eher stark oder schwach?", werden einige Menschen antworten, dass sie stark sind, und andere werden antworten, dass sie eher schwach sind. Wenn ich hingegen frage: „Was ist es, was dich stark macht?" Dann kommt niemand überhaupt auf die Idee zu denken, dass sie schwach sein könnten. Fragen helfen Gedanken in eine Richtung zu lenken und zu reflektieren. In persönlichen Angelegenheiten und in normalen Gesprächen ist es einfacher, Fragen zu beantworten als dem Gegenüber welche zu stellen. Es ist auch deshalb einfacher, weil es auf eine Frage meist mehrere Antworten gibt. Man kann nur einen Teil davon sagen oder eine Antwort erfinden. Eine gedachte Frage muss jedoch ausgesprochen werden, um beim Gegenüber anzukommen. Auf unausgesprochene Fragen gibt es meist keine Antwort.

Ich will dich also inspirieren und habe noch ein paar Fragen für dich übrig. Vorerst mal nur noch eine Frage: die zu beantworten ist relativ einfach, oder?

Willst du noch weiter über den Sinn des Lebens philosophieren und versuchen Antworten zu finden? → Seite 116
Oder willst du ins echte Leben zurück?
→ Seite 124
Oder doch noch Lust auf Döner? → Seite 109

Zur Dönerbude

Uiii, cool! Dann lass uns Richtung Kanal fliegen. Dort fühle ich mich besonders wohl und das Essen ist echt lecker. Also lass uns losfliegen, bald wird es finster. Wir fliegen in ein Viertel, in dem die Autos durchschnittlich etwas rostiger und älter sind. Viele haben Dellen und Macken. Doch das macht den Leuten hier nicht viel aus. Hauptsache, die Dinger fahren und sind bezahlbar. Guck, da unten spielen noch ein paar Kinder Fußball. Sie sind ziemlich gut. Bald sind wir da, gleich hinter dieser Brücke ist meine Lieblingsdönerbude. Mhmm, ich rieche es schon von Weitem. Ich werde mit jedem Flügelschlag hungriger. Mein Magen knurrt gewaltig. Gut, dass wir hoch genug sind, sonst könnten die Leute meinen, ein Militärhubschrauber käme angeflogen. ICH BIN SO LUSTIG. Ach komm, lach doch mal! Weißt du, Humor war schon immer mein liebster Begleiter. Was denkst du, wie ich sonst meine gute Laune behalten kann? Das fröhliche Rumgezwitschere hilft leider nur am Morgen. Also pack ich, immer wenn ich Hunger habe oder mich etwas ärgert, meinen lieben Freund Humori aus. Wir verstehen uns wirklich gut. Sobald wir zusammen sind, lässt sich alles leichter ertragen – sogar der Hunger. Das musst du mal ausprobieren, ich wette, du hast auch einen kleinen Humori in dir. Alle haben das. Einige finden nur nicht immer den Weg zu ihm. Dabei ist das ziemlich einfach. Oft hilft es schon, einfach die Mundwinkel nach oben zu ziehen. Egal, ob du etwas witzig findest oder nicht.

Wenn du die Mundwinkel nach oben ziehst und blöde vor dich hin grinst, kommt Humori ganz von alleine. Dann fällt ihm nämlich ein, dass er viel zu lange still war und Ernsti hat regieren lassen. Ernsti und Humori verstehen sich nicht sehr gut – unter anderem wegen der Machtkämpfe. Dabei wäre es für alle besser, wenn Humori für immer an die Macht käme. Dann wäre alles lustiger und leichter. Vielleicht würde unter Humoris Regierung sogar Ernsti etwas lockerer werden und mal lächeln. Aber na ja, nichts ist für ewig. Und das ist auch gut so. Wenn es Ernsti nicht geben würde, wüssten wir ja gar nicht, wie toll es ist, von Humori regiert zu werden. Und wenn wir nie Hunger hätten, wüssten wir gar nicht, wie gut Essen schmecken kann.

Mit Philosophieren kann man sich übrigens auch prächtig ablenken. Jetzt sind wir nämlich schon da. Und guck, dort drüben liegt auch schon ein halber Döner am Boden. Bin gleich wieder da. Juhuuuuu!

Der war sogar noch halb warm. Mhmm, lecker! Meistens sitzen hier viele Männer, ähnlich wie heute. Sie sitzen drinnen im Halbdunkeln mit einem Bier und einem Döner. Meistens rauchen sie vor dem Essen. Oder danach. Oder beides. Auf der Straße siehst du nicht viele Leute in Anzug oder mit hohen Schuhen. Du siehst Männer mit langen Haaren und Bärten, Menschen mit schmutziger Kleidung und die Frauen tragen selten Schmuck. Die Kinder spielen nicht mit dem Tablet, sondern lieber mit dem Ball. Die Leute planen nicht den nächsten Urlaub, sondern wie sie durch den nächsten Monat kommen. Die Wohnungen sind klein und die Kinder haben nicht alle ihr eigenes Zimmer. Manche haben gar kein Zimmer. Keine Wohnung. Kein Haus. Kein Zuhause. Sie verbringen ihre Tage draußen auf der Straße, unter einer Brücke. Sie wollen nicht stören, doch wo sie sind, stören sie. Sie hocken sich auf den Boden, betteln, bitten, beten. Guck, da unten läuft eine Frau mit einem Jungen die Straße entlang. Die beiden sind gut gekleidet. Sie sehen so aus, als ob sie nicht aus diesem Viertel wären. Die Frau hält den Jungen an der Hand. Mit schnellen Schritten will sie an den Menschen, die am Boden hocken, vorbei. Sie schaut sie nicht an, sondern starrt geradeaus in die Richtung, in die sie läuft. Nicht so der Junge. Seine Schritte werden langsamer, als er die Menschen auf der Straße hocken und betteln sieht. Er sieht den Menschen in die Augen und wird noch langsamer. Noch bevor der Junge ganz stehen bleiben kann, zieht die Frau stärker an seiner Hand. „Komm jetzt, guck solchen Leuten nicht in die Augen."

Ich habe mal jemanden sagen hören, dass die Augen die Spiegel der Seele sind. Wenn man also jemandem in die Augen guckt, ist das, als ob man in seine Seele sieht. Oder in die eigene? Wenn es ein Spiegel ist, müsste man ja eigentlich seine eigene Seele sehen, oder?

Ich hab das mal ausprobiert. Nicht mit den Leuten auf der Straße, aber bei einem anderen Vogel. Ich konnte nur ein Auge sehen, weil das andere auf der anderen Seite des Kopfes war. Es war ein Kumpel von mir, ursprünglich wollten wir das nur zum Spaß machen, um zu sehen, wie lange wir es aushalten. Es waren fünf krasse Minuten. Zuerst lachten wir. Das Lachen wurde dann irgendwann weniger, wir grinsten noch eine Weile. Doch irgendwann wurde auch das Grinsen weniger. Wir beide wurden ernst. Es war für mich, als ob sich eine ganze Welt öffnet, obwohl ich nur ein kleines Vogelauge sah. Ich hatte Mitgefühl und empfand plötzlich große Liebe – keine Kumpelliebe, sondern etwas Tieferes. Und jetzt, wo ich noch einmal darüber nachdenke ... Ich denke, ich kann das Gefühl noch besser beschreiben: Es war ein bisschen so, als ob ich meinen eigenen Schmerz in dem Auge des Vogels sehen konnte. Ich sah Traurigkeit und es fühlte sich an wie meine eigene Traurigkeit. Und dann sah ich Trost und Verbundenheit. Ich verstand, dass wir verbunden sind. Als ich sah, wie das Auge, in das ich blickte, auf einmal wässriger wurde und ich es auch immer verschwommener wahrnahm, legte ich einen Flügel um meinen Kumpel und er legte seinen um mich. Wir umflügelten uns so sehr wir konnten. Lange. Sehr lange. Warum ich dir das erzähle? Keine Ahnung. Vielleicht, weil mir das gerade eingefallen ist. Und vielleicht, damit du es mal ausprobierst. Egal ob mit einem Vogel, einer Katze, einer Kuh, einem Hund oder einem Schmetterling. Haben Schmetterlinge eigentlich Augen? Okay, egal, such dir einfach irgendjemanden aus, der Augen hat.

Wenn du dir vorstellst, dass wir alle verbunden sind, dass es theoretisch auch dich hätte treffen können, dass auch du es sein könntest, der in der Vogelkacke am Boden sitzt, dass es nicht selbstverständlich ist, dass du diese Zeilen hier sehen kannst und lesen kannst

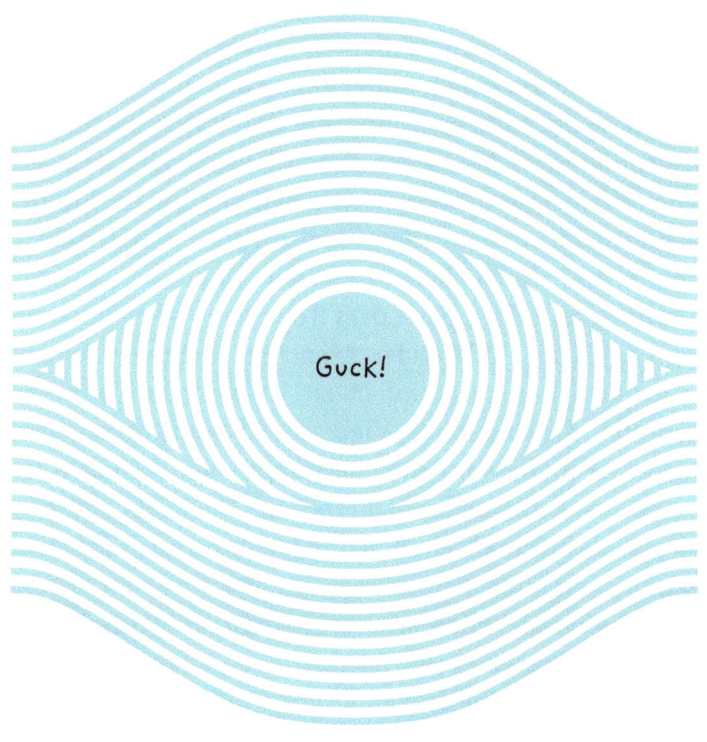

Guck!

und dass du dabei sogar im Warmen sitzt, dann könntest du den Menschen am Boden vielleicht auch einen Moment in die Augen schauen. Vielleicht könntest du ihnen sogar deinen halben Döner schenken, weil du eigentlich schon satt bist. Vielleicht könntest du deine Mütze abgeben oder zu Weihnachten einen Menschen zu dir einladen.

Obwohl die Menschen hier an der Straße oder dort drüben unter der Brücke nahezu nichts haben, haben sie immer noch den Willen zum Leben. Noch immer schätzen sie das Leben höher ein als den Tod. Vielleicht haben sie noch die Hoffnung, die sie am Leben hält. Die Hoffnung, dass Menschen ihnen helfen, oder dass sie sich selbst irgendwann wieder helfen können. Sie haben die Hoffnung und den Glauben, der sie letztendlich am Leben hält. Vielleicht ist es der Glaube an Gott, an ein besseres Leben nach dem Tod oder vielleicht ist es der Glaube an ein Wunder. Manchmal nehmen die Leute ihr Schicksal auch einfach an, sie wollen nicht mehr kämpfen. Sie sind müde. Vielleicht ist es auch genau das, wofür sie in diesem Leben bestimmt sind. Vielleicht ist es das, was alle anderen brauchen. Vielleicht müssen sie das „Schlechte" sehen, damit sie das „Gute" zu schätzen wissen? Vielleicht müssen einige krank sein, damit andere sich glücklich schätzen, wenn sie gesund sind. Vielleicht müssen einige frieren, damit andere sich wieder auf die Wärme freuen können? Vielleicht braucht es die beiden Pole, damit wir das Leben als Ganzes erkennen? Vielleicht braucht es Ungerechtigkeit, Hunger und Armut? Es ist einfach zu sagen, dass wir beide Pole brauchen, damit Leben funktioniert. Das zu sagen ist auch einfacher, als für Gerechtigkeit zu kämpfen, als zu teilen und zu helfen. Es ist einfach, alles so hinzunehmen, wie es ist.

Oh, mir fällt grade auf, dass ich schon wieder ziemlich nachdenklich geworden bin. Sorry für das viele Gelabere. Manchmal kommt das einfach so in mir hoch. Philosophische Fragen oder Fragen nach einem größeren Sinn kommen mir ziemlich oft in den Sinn. Und meistens habe ich keine Antwort darauf. Dennoch finde ich es wichtig, hin und wieder über all das nachzudenken, alles zu hinterfragen. Ich ertappe mich selbst oft dabei, von Essen zu Essen zu fliegen, von einem Nest zum nächsten oder von einer Stadt in die nächste. Dabei frage ich mich selten, warum ich das mache. Ich folge meinen Bedürfnissen, doch frage ich mich viel zu selten, was ich eigentlich wirklich will. Kennst du das? Ich meine das Vor-sich-Hinleben, jeden Tag das machen, was man halt jeden Tag so macht? Kennst du das, wenn es sich so anfühlt wie im Hamsterrad, wenn es dir nicht schlecht geht, aber auch nicht gut? Wenn alles okay ist, aber du keine richtige Freude verspürst? Wenn das Tollste an deinem Tag ist, ins Bett zu gehen? Wenn das Schlimmste am Tag das Aufstehen ist? Wenn du dich dabei ertappst, dann halte inne und traue dich, Fragen zu stellen, Fragen an dich selbst. So kannst du es schaffen, aus dem Hamsterrad auszubrechen. Also, wenn wir schon wieder beim Fragen sind – eine habe ich noch für dich: Wo willst du weiterlesen?

Willst du noch weiter über den Sinn des Lebens philosophieren und versuchen Antworten zu finden? → weiterlesen
Oder willst du ins echte Leben zurück?
→ Seite 124

Antworten finden

Wir sind immer noch hier am Dönerstand. Und hier willst du jetzt also wirklich Antworten finden? Hm, na gut. Irgendwie kann ich dich verstehen. Jetzt hast du schon bis hierher gelesen und bist kein bisschen schlauer geworden. Das tut mir wirklich leid. Es ist schön, wenn du ausgerechnet mit mir, einem Vogel, nach Antworten suchen willst. Also gut, lass uns nach Antworten suchen. Aber vielleicht sollten wir, bevor wir nach Antworten suchen, erst einmal nach der richtigen Frage suchen, oder? Eine Frage, die es in sich hat, eine, die nicht so einfach zu beantworten ist. Und nein, es ist nicht die klassische Frage nach dem Sinn des Lebens, die du beantworten musst. Du kannst nichts dafür, dass es Leben gibt und du ein Teil davon bist. Du kannst nichts dafür, dass du hier bist, und du kannst nicht wissen, wie lange du noch hier sein darfst. Die Antwort auf die Frage, was der Sinn des Lebens im Allgemeinen ist, kann dir deshalb egal sein. Die Frage, die du dir stellen musst, um die besten Antworten für dich und dein Leben zu bekommen, ist eine andere. Es ist die Frage: Welchen Sinn gebe ich MEINEM Leben?

Das ist eine praktische Frage. Du kannst die Antwort in Worte packen und diese dann zu Taten werden lassen. Das Doofe ist nur: Da die Frage DICH betrifft, bist auch nur du allein dafür verantwortlich, sie zu beantworten. Du für dich alleine. Nicht deine Eltern, nicht deine Freund:innen und auch deine Lehrer:innen können dir diese Frage nicht beantworten. Und so traurig es auch scheinen mag, aber nicht einmal ich kann sie für dich beantworten. Doch was ich machen kann, ist, dir den Weg zu einer Antwort zu zeigen.

Lass uns mal ein Stückchen fliegen, irgendwohin, wo wir ungestört sind und du nicht abgelenkt wirst. Wo keine Straßenlaternen leuchten und uns keine Scheinwerfer blenden. Heute ist eine klare Nacht. Lass uns aufs Land fliegen, weit weg von der Stadt. Weg vom Lärm. Ich kenne einen kleinen Berg. Dort haben wir uneingeschränkte Sicht zum Himmel und den Sternen. Du wirst nichts brauchen, um die Frage zu beantworten. Komm mit! Die Winde tragen uns immer höher. Ich drehe ein paar Kreise und schon haben wir den Berg erreicht.

Diesen Stein finde ich gut, lass uns hier hinsetzen. Hier ist es auch schön windstill und man kann auch sonst fast nichts hören. Wie schön. So können wir uns richtig gut konzentrieren. Also, um die Frage zu beantworten, fangen wir ganz klein an – bei den Kindern. Wenn du Kinder nach dem Sinn ihres Lebens fragst, ist die Antwort in vielen Fällen: Spaß haben. Kinder finden, dass der Sinn des Lebens Spaß ist. Spaß, Freude und Freunde. Je älter Kinder werden, desto mehr rückt der Spaß und somit der Sinn des Lebens in den Hintergrund. Das Leben wird ernst. Es gibt immer mehr Regeln und Normen, an die sie sich halten müssen, oder sie beginnen Dinge zu machen, weil das alle so machen. Große Kinder hören auf zu schaukeln, Seil zu springen oder im Meer zu planschen. Sie hören auf, Purzelbäume zu schlagen oder in Pfützen zu springen, und sie schämen sich, auf Fotos Grimassen zu schneiden. Das Leben der Kinder wird plötzlich zu einem Leben, wie es von anderen erwartet wird. Das war schon so, als noch die Eltern der Kinder Kinder waren und die Eltern der Eltern Kinder waren.

Kinder sind weise, doch viel zu oft werden sie von den Großen stumm geschaltet, nicht ernst genommen. Diskriminiert. Ich weiß, das ist ein hartes und negatives Wort, aber wenn du genau hinsiehst, ist es genau so. Den Kindern wird keine Stimme gegeben, es wird nicht auf sie gehört. Sie wissen doch noch nichts vom Leben. Ich finde, sie wissen mehr, als Erwachsene so denken. Wir sollten alle öfter auf sie hören.

Und weißt du was? Ein Kind hast du sogar immer bei dir. Es ist dein eigenes inneres Kind. Nur den wenigsten gelingt es, immer wieder auf seine Stimme zu hören. Und deshalb fällt es ihnen nicht gerade leicht, die Frage nach dem Sinn des eigenen Lebens zu beantworten. Es ist einfacher, sich eine Antwort in den Mund legen zu lassen. Wir lassen uns sagen, wohin wir fliegen sollen, um glücklich zu sein, welches Auto wir fahren sollen, um erfolgreich zu sein, oder welche Musik wir hören sollen, um dazuzugehören. Wer das schönere Haus hat, hat es im Leben zu etwas gebracht. Wer viel gereist ist, ist bestimmt auch glücklicher als die, die zu Hause geblieben sind. Du lässt dir sogar vorschreiben, wie du lieben sollst, wie dein perfekter Partner oder deine perfekte Partnerin sein soll. Du lässt dir sagen, wie eine perfekte Familie aussieht. Durch eine Hochzeit kannst du dich absichern, ein Kind braucht einen

Vater. Wenn's ein Mädchen wird, sind die Luftballone rosa, bei einem Jungen blau. Du hast viele Sätze so oft gehört, bis du angefangen hast, sie zu glauben und sie zu deinen eigenen Gedanken zu machen. Werde dir bewusst, dass deine Gedanken nicht immer da waren – sie wurden dir angelernt.

Um also auf den wahren Sinn deines Lebens zu kommen, musst du erst einmal alles vergessen, was nicht von dir kommt. Alles, was dich deine Eltern gelehrt haben, was dir deine Lehrer und Lehrerinnen gesagt haben, vergiss all die ungeschriebenen Regeln. Schreibe sie auf ein Blatt Papier und verbrenne sie. Und dann frage dich und dein Kind in dir: Was macht mir am meisten Spaß? Was macht DIR am meisten Spaß? Worin siehst DU einen Sinn für DICH? Dein Leben soll Spaß machen, es soll nicht nur okay sein. Es soll dein Traum sein, es soll dich erfüllen. Es soll dich glücklich machen, dich lachen und lieben lassen. Dabei kann ein Auto oder ein schönes Haus dazugehören, aber sie sind ganz bestimmt nicht dein einziges Ziel auf dieser Welt. Du bist viel mehr, als du denkst. Kannst du dich erinnern, als wir unter dem Sternenhimmel saßen und in den Himmel geguckt haben? Ich habe dir gesagt, dass du klein bist, aber gleichzeitig auch so groß für die Welt. Falls du diese Seiten übersprungen hast, weil du lieber Party machen wolltest, sage ich es dir hier noch einmal: Du bist groß, viel größer, als du denkst. Traue dich zu wachsen. Glaube an dich. Hör nicht auf die Stimmen in deinem Kopf, sondern auf die Stimme deines Herzens und vertraue ihr. Gehe los und mache das, worin du Sinn siehst. Mach das, was dich strahlen lässt, was dich leuchten lässt. Dann wirst du dich nicht auf das Schlafengehen freuen, sondern auf das Aufstehen. Du wirst dich nicht nur auf den Urlaub und das Wochenende freuen, sondern auf jeden Tag.

Und wenn du etwas richtig willst, dann wirst du das auch schaffen. Bis du an deinem Ziel bist, wirst du Geduld brauchen und Zeit und Nerven. Und du wirst dafür arbeiten, du wirst dich anstrengen. Aber nur, weil du es willst, nicht weil du musst. Du schaffst es, weil du daran glaubst, weil du deinem inneren Kind endlich seine Stimme wiedergibst und ihm zuhörst. Das ist der

Du bist
frei.

Unterschied, der alles ändert: Du glaubst an dich und deine Großartigkeit! Dabei ist egal, was deine Eltern, deine Lehrer:innen, Geschwister, Vorgesetzten oder die Stimme in deinem Kopf davon halten. Wenn du machst, was du wirklich, wahrhaftig liebst und wenn dir dann andere deswegen einen Vogel zeigen, hör einfach nicht auf sie. Den coolsten Vogel kennst du ja bereits. Alles klar?

Fang am besten jetzt damit an. Schließe das Buch – aber erst, nachdem du noch diesen Absatz gelesen hast – nimm dir ein Blatt Papier und schreibe in die Mitte: „Das macht mich glücklich." Und dann schreibe rundherum all die Dinge auf, die dich glücklich machen. Es können zehn Begriffe sein oder nur zwei. Aber nimm dir Zeit und stelle dir zu jedem Begriff dieselbe Frage: „Was kann ich tun, um das öfter in meinem Leben zu haben?"

Gehe dann noch weiter und frage dich, warum es dir noch immer fehlt? Warum hast du es nicht schon längst, wenn du es so gerne hättest? Was hindert dich daran? Sind es bloß deine Gedanken?

Das Beste am Erwachsensein ist doch eigentlich, dass du jetzt alles machen kannst, was du als Kind nie durftest. Du kannst dir zum Beispiel Popcorn zum Frühstück machen oder dir jeden Tag ein Stück Schokolade gönnen. Du darfst rauchen und jeden Tag bis um 2 Uhr morgens aufbleiben. Du darfst die größten Wasserrutschen hinuntersausen und die gruseligsten Horrorfilme schauen. Du allein hast die Verantwortung für dein Leben und kannst entscheiden, wie du es gestalten willst.

Du darfst Verantwortung übernehmen und damit aus der Opferrolle ausbrechen. Wenn du nur willst.

Sei nicht wie dieser Stein und lass alles mit dir machen. Der wurde gerade nämlich sogar beschissen – von einem Vogel, hehe. Sorry, aber ich konnte wirklich nicht anders nach dem ganzen Essen heute. Also nochmal: Sei nicht wie ein Stein, der sich von Wasser umformen und von Vögeln bescheißen lässt. Sei eher so wie ein Vogel. Oh, das war vielleicht nicht der ideale Vergleich, nachdem ich den Stein beschissen habe. Du sollst im Idealfall andere nicht bescheißen oder behindern, während du deine Träume lebst. Sei wie ein Vogel, ein Vogel, der sich seiner Freiheit bewusst ist – das ist, was ich sagen will.

Jetzt ist genug für heute. Ich kann mir bald selbst nicht mehr zuhören. Irgendwann schließt sogar der Himmel die Türen. Ich bin müde. Und morgen wollen wir doch früh raus, oder nicht? Ich bin ein ultimativer Fan vom Sonnenaufgang mitten im Himmel. Was ist mit dir? Bist du dabei? Oder willst du zum Tagesanbruch lieber zum Sonnenblumenfeld?

Mitten im Himmel? → Seite 129
Mitten in einem Sonnenblumenfeld? → Seite 140
Du entscheidest.

Das echte Leben

Du willst also das echte Leben sehen? Dann komm mit, nichts ist echter als Fliegen. Ich starte mit zwei, drei kräftigen Flügelschlägen und hebe ab. Wenn ich fliege, fühle ich mich lebendig und echt. Ich fliege von A nach B und von C nach D und grinse vor mich hin. Guck dir die Menschen an – wie viele es sind, die kopfhängend durch die Gegend laufen. Kaum jemand hat Augen für die schönen Vögel am Himmel, da kann ich noch so dicht an ihnen vorbeifliegen. Sie haben nicht mal Augen für die schönen Blumen am Wegesrand, die einfach so aus der Erde sprießen. Die Menschen haben kaum noch Augen für die Welt um sich herum. Stattdessen schauen sie auf ihre Displays oder lassen sich von ihren tausenden Gedanken und Sorgen regieren. Es würde ihnen so viel mehr bringen, wenn sie sich über die Blumen am Wegrand freuen würden, anstatt sich den Kopf zu zerbrechen über Dinge, die schon vorbei sind oder noch nicht hier sind.

Hm, ich rieche Pizza. Komm, lass uns dem Geruch folgen, vielleicht kriegen wir was ab. Wo führt uns der Geruch denn hin? Oh, das ist ziemlich tief und dunkel. Ist das eine U-Bahn-Station? Verdammt. Das ist eine U-Bahn-Station. Ich muss landen. Was für eine eklige Luft hier. Ich brauche mehr vom Pizzaduft. Ich tapse dem Typen hinterher. Fliegen kann ich hier nicht mehr. Es sind viel zu viele Menschen und die Decke ist viel zu tief. Der Typ steigt in die Bahn ein. Ich bin noch nie Bahn gefahren. Wie aufregend! Komm, wir fahren ein

Stückchen mit. So kann ich die Leute mal von unten beobachten.

Wie erschreckend! Das ist ja noch gruseliger als auf der Straße. Niemand redet miteinander. Fast alle starren auf ihre Displays. Viele haben Kopfhörer in den Ohren. Es ist, als traue sich niemand, den anderen in die Augen zu schauen. Es scheint, als ob sie alle nicht richtig hier, sondern vollkommen in ihrer Displaywelt versunken sind. Ich will wissen, was sich die Leute auf ihren Displays ansehen, was sie so besessen macht, so fremd. Ich schlage zweimal mit den Flügeln und setze mich auf eine Stange, die etwas höher hängt. Einige Leute blicken kurz auf, als sie mein Manöver sehen, doch dann knicken ihre Köpfe wieder nach unten.

Jetzt kann ich die Situation besser wahrnehmen und auf die Displays der Leute gucken. Einige lesen Nachrichten, andere gucken sich Bilder und Videos von fremden Menschen an und ein paar telefonieren. Ich sehe Videos von Sonnenuntergängen, von schnellen Autos, von Wolkenkratzern, von tanzenden Menschen, von schönen Menschen. Ich muss aufpassen, das hat echt Suchtpotenzial. Oh, der Pizzageruch steigt aus. Ich muss hinterher! Gut, dass die Sucht nach Pizza stärker ist als die Sucht nach Videos und Bildern. Hoffentlich landen einige Pizzakrümel auf dem Boden.

Ich fand diese U-Bahn-Fahrt echt eindrucksvoll. Ich habe noch nie so viele Menschen gleichzeitig so vertieft auf Displays gucken sehen. Draußen unter freiem Himmel schaffe ich es bloß, hin und wieder einzelnen Menschen über die Schulter zu schauen. Am kras-

Sie haben kaum noch
Augen für die Straße
oder die schönen
Blumen am Wegesrand.

sesten find ich, was sich junge Mädchen so reinziehen. Mit „krass" meine ich: krass manipulativ, krass süchtig machend, krass unecht. Also gar nicht das echte Leben und so. Du bist in diesem Kapitel, weil du ins echte Leben wolltest. Ich will dir hier aber zeigen, dass das echte Leben gar nicht so echt ist, weil viel davon nur Show ist. Show, um andere Menschen zu beeindrucken, um sich selbst zu inszenieren oder um Dinge zu verkaufen. Es sind präzise entwickelte Codes und Algorithmen, die den Content auf die User:innen zuschneiden, um sie möglichst lange am Display zu halten. Dieser Trick funktioniert vor allem bei jungen Menschen besonders gut. Bei solchen, die viel Freizeit haben und gerade dabei sind, sich selbst zu finden. Sie versuchen noch, ihren Weg und ihre Rolle in diesem Leben zu finden. Sie hören nicht mehr auf ihre Eltern, sondern machen das, was sie wollen oder was ihre Friends machen. Komm mal mit, ich will dir das an einem konkreten Beispiel zeigen. Wir fliegen zum Fenster eines Jugendzimmers. Du entscheidest zu welchem.

Willst du in Noahs Zimmer gucken? → Seite 144
Oder in das Zimmer von Lina? → Seite 134

Mitten im Himmel

Oh, das war eine weise Entscheidung. Der größte Vorteil eines Vogels besteht nämlich darin, dass er immer dort hinfliegen kann, wo keine Wolken sind. Wenn ein Vogel will, kann er jeden Tag einen wunderschönen Sonnenaufgang sehen. Aber die meisten Vögel bleiben lieber im Nest, als sich aufzuraffen und noch bei Dunkelheit durch die Wolken zu fliegen. Gut, dass du einen kraftvollen, ausdauernden Sportvogel an deiner Seite hast. Achtung, jetzt zeig ich dir mal was: Gut festhalten! Wir fliegen Loopings und Slalom und abwechselnd Gleit- und Sturzflüge. Wohooooo! Das ist wie in der Achterbahn, nicht wahr? Zu krass für den Morgen? Ha! Immerhin bist du jetzt richtig wach. Oh, guck, jetzt wird's auch schon heller und die Sterne verblassen langsam.

Komm, wir fliegen noch ein bisschen weiter Richtung Osten. Lange wird es nicht mehr dauern und die ersten Sonnenstrahlen erreichen uns. Weißt du eigentlich, dass alle Menschen und Tiere und Pflanzen auf der Welt von denselben Sonnenstrahlen angestrahlt werden? Die einen etwas früher als die anderen, aber alle kommen irgendwann dran. Und das komplett kostenlos. Noch kein einziger Konzern hat es geschafft, das Licht zu besetzen und es zu verkaufen. Niemand hat die Macht über das Licht. Die Sonne wird gerne als Symbol für die höchste kosmische Macht, für das Zentrum des Seins, für Gott verwendet. Obwohl die Sonne immer dieselbe ist, haben Religionen es geschafft, sie anders zu

Wenn alle denken,
die Wahrheit
zu haben, dann
vielleicht deshalb,
weil sie alle
haben?

benennen und zu beschreiben. So kam es zu Spaltungen, die Religionen spalteten etwas Unspaltbares. Menschen kämpfen noch immer um die Wahrheit, indem sie missionieren, predigen, fasten, Flyer verteilen, meditieren, tanzen, rauchen, schweigen und sogar töten. Doch warum kämpfen, wenn es am Ende nur eine Sonne gibt, die allen gehört? Wenn alle denken, die Wahrheit zu haben, dann vielleicht deshalb, weil sie alle haben?

Du seufzt? Ich weiß, du wolltest beim Lesen dieses Buches eigentlich unterhalten werden ... Sei mir nicht böse, aber irgendwie liebe ich es, wenn endlich jemand meine Gedanken hört. Und wann gäbe es einen besseren Moment als bei Sonnenaufgang, mitten im Himmel fliegend, über Gott und die Welt zu sprechen? Uh, und wieder einmal hätte ich mich fast verquatscht. Jetzt geeeeht's looooooos! Ich kann schon ein bisschen Rosa am Himmel sehen. Wir haben Glück, dass es gerade fast keine Wolken am Himmel gibt. Wenn es gar keine Wolken am Himmel gäbe, wäre es auch fad, aber so ein bisschen Wolke ist immer gut. Die Wolken färben sich wunderschön. Rosa, orange, neonfarben. Neeeeeeeeooooon! Die Sonne kommt. Oaaah! Die Sonne bewegt sich ultraschnell. Nein, warte, Moment mal. Es ist doch die Erde, die sich bewegt, oder? Die Sonne ist fix. Wir sind es, die sich ultraschnell drehen – in 24 Stunden einmal um uns selbst. Von der Nacht in den Tag und vom Tag in die Nacht. Damit alle Wesen auf der Erde mal was von der Sonne abbekommen. Aber irgendwie raff ich's noch nicht ganz ... Wenn sich die Erde dreht, wir aber in der Luft sind, dann müssten wir doch am selben Ort stehen bleiben, oder nicht? Also dann müsste sich die Erde doch ohne uns weiterdrehen. Oder denke ich falsch? Ich glaube, es ist definitiv zu früh für solche Gedanken. Ist mir viel zu verrückt jetzt. Ich meine, es ist doch alles total verrückt. Die Erde dreht sich ultraschnell um die eigene Achse und dann noch um die Sonne und dann dreht sich noch ein Mond um die Erde. Das ist ultraverrückt. Wer sich das ausgedacht hat, ist ein Genie. Und dann ist unser Planet auch noch voller Wasser und während sich die Erde dreht, geht nicht ein Tropfen davon verloren. Auch die Bäume bleiben eng verwurzelt einfach so stehen. Und auch die Fische im Wasser schwimmen immer weiter, als wäre die Erde eine Scheibe. Es gibt übrigens immer noch ein paar Vögel, die glauben, die Erde sei eine Scheibe. Diese Vögel haben einen Vogel. Also so richtig. Sie trauen sich nicht, bis an den „Rand der Scheibe" zu fliegen, weil sie Angst haben hinunterzufallen.

Ach, lassen wir das. Die Sonne ist jedenfalls wunderbar. Was ich auch liebe am Sonnenaufgang, ist, dass man direkt in die Sonne gucken kann, ohne zu erblinden. Wenigstens die ersten zehn Minuten. Vielleicht ist es das, was so viele verrückt nach Sonnenaufgängen und Sonnenuntergängen macht? Weil sie dann direkt in das Gesicht der größten Macht blicken können, ohne Angst haben zu müssen, zu erblinden. Doch je höher die Sonne steigt, desto öfter muss ich blinzeln, bis ich irgendwann überhaupt nichts mehr sehe. Der Zauber ist vorbei und ich kann nicht mehr in die Sonne gucken. Das hört sich ein bisschen nach einem Ende an, oder?

Also, was willst du denn jetzt noch machen? Wenn ich ganz ehrlich bin, wie ich es das ganze Buch über bin, gehen mir so langsam die Ideen aus. Langsam, aber sicher werden sich unsere Wege wieder trennen. Wir wussten es von Anfang an. Du musst jetzt auch nicht traurig sein. Wir wussten beide schon auf der ersten Seite, dass unsere Beziehung ein Ende haben wird. Alles ist endlich. Nichts ist für ewig. Na gut, vielleicht das Nichts, das Nichts ist ewig. Und weil du und ich aus dem Nichts entstanden sind, sind wir, selbst wenn nichts mehr ist, immer noch irgendwie da. Und überhaupt wirst du mich wahrscheinlich gar nicht vermissen. Du hast doch selbst einen Vogel. Wie sonst hättest du mir so lange zuhören können? Du kannst deinen Vogel jederzeit herausholen und dann kannst du mit ihm in die Höhe fliegen und an mich denken. Vielleicht treffen wir uns auch mal wieder, wer weiß. Wenn du jetzt also nichts dagegen hast, würde ich zum letzten Kapitel fliegen.

Okay? → Seite 152
Falls dir das jetzt alles zu schnell geht und du noch nicht für den Abschied bereit bist, können wir auch noch einmal zur Seite 150 fliegen. Dort kannst du dir einen Ort aussuchen, an dem du noch nicht warst oder einen, wo du noch einmal hinwillst.

Linas Zimmer

Linas Zimmer ist nicht weit weg von hier. Die Uhrzeit ist genau richtig, um sie in ihrem Zimmer anzutreffen. Es ist eigentlich Zeit schlafen zu gehen, doch Lina ist noch wach. Guck, dort drüben ist ihr Zimmer. Lass uns aufs Fensterbrett setzen. Linas Zimmer ist im Erdgeschoss, vor ihrem Zimmer gibt es einen großen Garten. Mhmm, ich kann den Duft der Rosen riechen. Schade, dass es schon dunkel ist. Ich wette, die Rosen und Blumen haben die schönsten Farben. Lina hat ihre Jalousie nicht ganz herabgelassen, das ist perfekt für uns. Auf den ersten Blick könnte man meinen, dass Lina bereits schläft. Ihr Zimmer ist dunkel und die Tür zum Flur geschlossen. Lina liegt auf dem Bauch in ihrem Bett, ihr Gesicht wird von blauem Licht angestrahlt. Sie wischt mit ihren Daumen von unten nach oben. Manchmal von rechts nach links und manchmal tippt sie auf ein Bild und nimmt einen zweiten Finger dazu, um in das Bild hineinzuzoomen. Sie guckt sich Bilder und Videos an von Leuten aus aller Welt. Lina ist mit ihnen vernetzt. Wenn ihr ein Bild oder ein Video gefällt, zeigt sie das mit einem Herz. Guck, jetzt schickt sie das Bild an Natalie:

„Natyyy!!! Wir müssen uns das auch machen lassen. Guck dir mal ihre geile Frisur an."

Nicht selten findet Lina das, was sie sieht, nicht nur toll, sondern will es gern auch an sich sehen. Sie fängt an, sich mit den Leuten auf den Bildern zu vergleichen. Manchmal verschenkt sie kein Herz, obwohl es ihr gefällt. Aus Neid. Lina wird manipuliert von den ultrageschickten Algorithmen, die von Menschen entwickelt wurden, aber schon lange nicht mehr in deren Händen liegen. Die Algorithmen zeigen Lina genau das, was ihr gefällt, um sie noch länger am Display kleben zu lassen. Je mehr Displayzeit, desto mehr Bilder wird Lina sehen. Je mehr Bilder Lina sieht, desto eher wird sie das, was ihr angezeigt wird, toll finden. Je mehr Lina toll findet, desto mehr wird sie ihr Leben und ihre Wünsche danach richten. Am Ende wünscht sie sich ein Leben nach den Maßstäben ihrer Algorithmen. Und es ist nicht nur eine Frisur, die Lina gerne hätte. Lina hätte auch gerne einen anderen Körper, einen, wie ihn @push_up_girl_xoxo oder @life_of_lola hat. Mit schmaler Taille, rundem Po und genügend Brust. Um das zu erreichen, geht Lina ins Fitnessstudio. Lina ist fünfzehn. Sie fängt an, sich selbst ihr Essen zu machen. Das von Mama will sie nicht mehr, das sei nicht gesund. Lina macht einen Essensplan und einen Fitnessplan. Beziehungsweise, sie lädt ihn aus einem Blog herunter. Sie bezahlt auch gerne dafür. Immerhin hat die Autorin des Blogs zwanzigtausend Follower, sie wird schon wissen, über was sie schreibt.

Lina fängt an, sich nur noch mit ihrem Körper zu identifizieren. Sie vergisst, dass sie noch so viel mehr ist als bloß ihr Körper. Sie vergisst, dass sie einzigartig ist und ganz besondere Talente hat. Lina hat nicht annähernd den Körper von @push_up_girl_xoxo und sie wird ihn auch nie bekommen. So wie eine Taube keine Adleraugen oder Adlerflügel bekommen kann, egal wie sehr sie es will. Und trotzdem ist die Taube vollkommen und genau so richtig, wie sie ist.

Lina scrollt nun schon seit einer Stunde durch das scheinbar „echte Leben" von anderen. Und die anderen machen wahrscheinlich dasselbe. Das echte Leben auf dem Display ist wunderschön und es ist wunderbar, dass man seine schönen Erlebnisse, seine Videos und Bilder auf Social Media mit der ganzen Welt teilen kann. Doch es ist auch gefährlich. Besonders für Mädchen wie Lina. Sie weiß noch nicht, wer sie ist, was sie machen will und wer ihre wahren Freund:innen sind. Sie hört nicht mehr auf ihre Eltern, sucht stattdessen Rat im Internet. Menschen verkaufen dort ihre Produkte und sich selbst. Menschen verkaufen sich selbst als Produkte. Und andere akzeptieren sie als Maßstab, an dem sie sich messen.

Wie gerne würde ich Lina sagen, dass sie das alles nicht machen muss. Sie muss sich nicht jeden Tag eine Stunde stylen, um in die Schule zu gehen. Sie muss sich nicht jeden neuen Monat neue Kleider kaufen, um dazuzugehören. Lina muss auch nicht diese ekligen Bohnen essen, nur weil es sogenannte Influencer:innen tun. Lina muss nichts von dem, was ihr gesagt wird, machen. Im Gegenteil, sie sollte darauf scheißen, so wie ich hin und wieder auf Leute scheiße. Lina muss sich nicht jeden Tag schön finden. Lina muss nicht abnehmen, sie muss sich auch keinen größeren Popo antrainieren. Lina muss nicht ihr Erspartes für neue Sneaker ausgeben.

Alles, was Lina muss, ist, sich selbst zu lieben. Und das nicht etwa dadurch, dass sie Bilder von ihrem „unperfekten" Körper postet und darunterschreibt: „#allbodiesareperfect" oder „#keepitreal". Nein. Lina muss anfangen, sich als ganzheitliches Wesen zu lieben. Mit all ihren Gedanken, ihren Wünschen, ihren Träumen, ihrer Vergangenheit, ihren Sorgen und ihren Gefühlen. Erst wenn Lina sich als vollkommenes Wesen sieht, werden die Stimmen von außen immer stiller, der Einfluss weniger. Lina ist nicht nur Körper, sondern so viel mehr. Leider sagt ihr das niemand. In der Schule lernt Lina, wie Sinus und Cosinus funktionieren und wie man einen Serienbrief in Word erstellt. Anstatt Linas Wesen zu fördern und ihr zu sagen, dass sie gut ist, so wie sie ist, wird sie bewertet und unter Druck gesetzt. Weil das im späteren Leben auch so sein wird?

Bitte versteh mich nicht falsch. Ich bin so froh, dass du es schaffst, dieses Buch zu lesen, dass du die Möglichkeit hattest, lesen, schreiben und rechnen zu lernen, dass du über die Menschheitsgeschichte gelernt hast und gelernt hast, Zusammenhänge zu verstehen. Doch die einen Bereiche sollten die anderen nicht ausschließen. Der bewusste Umgang mit Gefühlen, Methoden zur friedlichen Konfliktlösung und das Üben in Selbstakzeptanz werden in vielen Schulen zu wenig behandelt. Was wäre es für eine Welt, wenn Kinder und Jugendliche ihr Selbstwertgefühl stärken würden, lernen würden, sich selbst zu lieben und wertzuschätzen, wenn sie lernen würden, dankbar zu sein für ihren Körper, ihre Herkunft und ihr Aussehen, wenn sie sich selbst akzeptieren und annehmen und dann anfangen zu verstehen, was es heißt, tolerant zu sein? Vielleicht ist das nur die utopische Vision eines verrückten Vogels von einer Welt. Trotzdem glaube ich sehr daran, dass, wenn Kinder all das lernen würden, sie ganz von selbst zu einer besseren Welt beitragen – egal, wie gut ihre Noten sind. Denn wie könnten wir eine friedvolle Welt schaffen, wenn wir es nicht einmal schaffen, Frieden in uns selbst zu finden? Sich selbst zu lieben und zu akzeptieren ist das Fundament für alle „zwischenwesenlichen" Handlungen. Bei Menschen und bei Tieren. Was denkst du, würde ich es ein Leben lang mit mir aushalten, wenn ich mich nicht lieben würde? Ich bin immerhin das einzige Wesen, das bei mir ist, bis der Tod uns scheidet. Keine Hochzeit wird je so sicher sein.

Jetzt hat Lina das Licht ausgemacht. Schlafenszeit. Für uns zwei auch, oder? Morgen wollen wir ja wieder fit sein, stimmt's? Oh, da habe ich eine Idee! Wir könnten uns morgen den Sonnenaufgang angucken. Du weißt doch: Der frühe Vogel fängt den Wurm. Ich liebe den Sonnenaufgang mindestens genauso wie den Sonnenuntergang, wahrscheinlich sogar noch mehr. Wo sollen wir die Sonne begrüßen?

Mitten im Himmel → Seite 129
Oder mitten in einem Sonnenblumenfeld
→ Seite 140

Wie könnten wir eine friedvolle Welt erschaffen, wenn wir es nicht einmal schaffen, Frieden in uns selbst zu finden?

Im Sonnenblumenfeld

Na? Hast du gut geschlafen? Ich nicht. Ich bin immer ganz unruhig, wenn ich weiß, dass ich bald wieder aufstehen muss. Als ich so im Halbschlaf saß – Vögel schlafen sitzend, falls du das noch nicht weißt –, habe ich gegrübelt, warum wir eigentlich Sonnenaufgang und Sonnenuntergang sagen. Das ist doch eine total veraltete Annahme. Die Theorie, dass die Erde der Mittelpunkt von allem ist, hat Kopernikus doch längst verworfen. Die Erde ist ein winziger Planet, der sich gemeinsam mit weiteren sieben Planeten um einen riesigen Stern dreht. Die Erde ist winzig im Vergleich zu Jupiter oder Saturn. Und sie alle kreisen um einen großen Stern – unsere Sonne, die eingebettet ist in eine Galaxie mit weiteren 300 Milliarden Sonnen. Und dann gibt es noch weitere 100 Milliarden Galaxien mit Sonnen und Planeten. Die Erde ist also alles andere als das Zentrum. Auch unsere Sonne ist nur das Zentrum eines Sonnensystems und ist somit noch lange nicht Herrscherin oder Herrscher über alles. Es gibt noch so viel, was wir nicht kennen. Selbst die Wissenschaft stößt immer wieder an Grenzen. Schon sehr oft habe ich Forscher:innen, Wissenschaftler:innen und Universitätsprofessor:innen beim Plaudern zugehört und sie sagen hören: „Das kann ich mir nicht erklären." Selbst die schlausten oder gerade die schlausten Menschen hier auf der Erde können sich nicht alles erklären. Die Dummen wissen leider meistens alles – auch wenn sie das nicht tun. Ich weiß jedenfalls, dass ich nichts weiß. Und ja, ich habe dieses Zitat gerade von Sokrates gestohlen. Sorry, aber Zitate sollen ja in einem Buch auch immer gut ankommen hab ich mir sagen lassen.

Ich darf in Ungewissheit leben. Ich weiß nicht, was auf mich zukommt, was es noch alles gibt und was ich hier eigentlich mache. Dadurch wird doch alles erst richtig spannend. Ich darf auf einem wunderschönen Planeten leben, ich darf fliegen, staunen, lachen und weinen. Und trotzdem strebe ich ständig danach, Antworten zu finden. Kann mir zum Beispiel jemand sagen, warum ausgerechnet heute Kackwolken am Horizont sind? Warum ausgerechnet heute? Warum ausgerechnet, wenn ich mir den Sonnenaufgang – mir ist übrigens kein besseres Wort dafür eingefallen – angucken will? Das ist doch ungerecht. Ich bin doch extra so früh aufgestanden, um die ersten Sonnenstrahlen zu genießen. Ey, ich könnte mich jetzt stundenlang darüber ärgern. Ich könnte mich ärgern und die Wolken beschimpfen, doch was würde das ändern? Nichts. Damit verschwinden die Wolken auch nicht. Alles, was sich ändern würde, wäre meine Laune. Ich würde mir selbst die Laune vermiesen. Das wäre einfach nur dumm.

Ich rege mich also nicht auf, sondern genieße den Duft der Sonnenblumen und die feine Brise Wind, der meine Federn massiert. Und irgendwie bin ich sogar froh, dass ich das Wetter nicht steuern kann. Stell dir mal vor, wir hätten Macht über das Wetter. Dann würden wir uns jeden Tag bekriegen.

Also, um noch einmal ein bisschen klugzuscheißen, ohne zu scheißen: Ja, es gibt Ungerechtigkeiten auf der Welt. Es gibt Kackwetter, es gibt Blitz und Donner, Ha-

gel, Hurrikane, Stürme, Waldbrände, Erdbeben und viele andere Katastrophen, die täglich passieren. Es gibt Ereignisse, für die die Menschen selbst verantwortlich sind, und Ereignisse, die einfach so passieren. Doch über einige Dinge haben wir einfach keine Kontrolle, wir können sie nicht (mehr) beeinflussen. Deshalb kommt hier wieder ein wunderbar cleverer Tipp von mir: Verschwende deine Energie nicht für Dinge, die du ohnehin nicht (mehr) ändern kannst, sondern versuche dich auf die Themen zu konzentrieren, die du jetzt beeinflussen kannst und die dir wichtig sind. Und fang am besten heute damit an. Wir zwei werden nämlich nicht mehr weit fliegen. Oder? Willst du noch etwas machen? Ganz ehrlich, langsam habe ich auch den Schnabel voll von diesem Buch hier. Ich würde gerne wieder meine Freiheit und meine Ruhe genießen. Aber bitte versteh mich nicht falsch. Das hat nichts mit dir zu tun. Ich verbringe gerne Zeit mit dir. Du bist cool und geduldig. Wirklich. Ich finde, du könntest öfter mal einen Vogel auf seinen Flügen begleiten.

Wenn du also nichts dagegen hast, würde ich jetzt zum letzten Kapitel fliegen.

Okay? → Seite 152
Falls dir das jetzt alles zu schnell geht und du noch nicht für den Abschied bereit bist, können wir auch noch einmal zur Seite 150 fliegen. Dort kannst du dir einen Ort aussuchen, an dem du noch nicht warst oder wo du noch einmal hinwillst.

Noahs Zimmer

Noahs Zimmer ist nicht weit weg von hier.

Lass uns nach oben fliegen und uns auf sein Fensterbrett setzen. Normalerweise ist er immer hier um diese Uhrzeit. Ja guck, seine Jalousie ist sogar noch offen und sein Fenster gekippt. Aus dem Zimmer kommen dunkle Musiktöne – Hiphop, wie cool!

Noah chillt in seinem Bett. Er lehnt sich mit dem Rücken an die Wand. Neben ihm liegt der Laptop. Er bewegt seine Hand von unten nach oben. Sein Kopf ist zu einer Seite geneigt. Er guckt sich ein Video an von fremden Leuten. Noah ist mit ihnen vernetzt. Die Leute im Video sind nackt. Noahs Handbewegungen werden schneller und schneller. Er fängt an, stärker zu atmen. Das kann ich an seinem Brustkorb erkennen. Noah spricht die Sätze aus dem Video nach: „Come on, Baby, come on."

Noah übt fürs echte Leben. Er lässt sich von den Filmen ins echte Leben einführen. Durch sie lernt er, wie Menschen nackt aussehen, wie sich Männer und Frauen bewegen. Er lernt, was ihnen gefällt. Er denkt, dass das auch im echten Leben so ist. Ihm gefällt, was er sieht. Und dir? Gefällt dir auch, was du siehst? Oder ist es dir unangenehm, Noah beim Masturbieren zuzusehen? Es muss dir nicht unangenehm sein. Masturbieren gehört zur Pubertät, so wie das Kacken zu Vögeln gehört. In der Pubertät verändert sich nun mal der Körper, er bekommt neue Formen und Farben, er wird gereizt und schwillt an. Das will man doch entdecken, oder?

Nun, ich bin bloß ein Vogel, aber ich kann mir vorstellen, dass es ganz schön abenteuerlich sein muss, seinen Körper dabei zu beobachten, wie er sich erregt und ihn dann bis an den Höhepunkt zu führen. Für Noah war es einfach, eine Veränderung zu sehen. Ich wünschte, ich hätte auch so ein ausgestelltes Geschlechtsteil. Meins ist etwas versteckt, ich brauche einen Spiegel, um es vollständig zu entdecken. So geht es den weiblichen Menschen übrigens auch. Mädchen und Frauen können ihre Vulva nicht sehen. Sie müssen sie entdecken. Sie dürfen sie entdecken. Durch Ertasten, Ausprobieren, durch Streicheln und Massieren dürfen sie entdecken, was ihnen gefällt, sie lernen ihren Körper kennen und beobachten, an welchen Tagen sie mehr Lust haben und an welchen weniger. Sofern sie sich trauen. In vielen Familien ist Sexualität nämlich noch immer ein Tabuthema. Daraus resultiert, dass Mädchen und Frauen sich schämen, sich selbst zu berühren. Manche ekeln sich sogar vor ihrem eigenen Menstruationsblut oder vor den Ausflüssen. Sie schämen sich vor sich selbst.

Ich hatte mal ein Nest in einem Baum an einer Landstraße, kurz vor einem Industriegebiet. Immer wenn ich morgens aufwachte, sah ich als Erstes eine Mauer, die gegenüber vom Baum stand. Auf der Mauer war ein Spruch in roter Farbe aufgesprüht: „Was du selbst tun kannst, sorge dafür, dass du es tust. Was für dich getan wird, lass es zu." Ich habe diesen Satz über ein Jahr lang jeden Tag gelesen und verinnerlicht. Er lässt sich nahezu auf alle Situationen im Leben übertragen. Wenn du etwas brauchst und es dir selbst geben kannst, dann mach das. Erwarte es nicht von anderen. Erstens, weil andere nicht wissen können, was du gerade brauchst, wenn du es ihnen nicht sagst. Und zweitens, weil du dich und dein Glück sonst von anderen abhängig machst.

„Geben ist besser als Nehmen." Das ist auch so ein kluger Satz. Aber wie kannst du anderen etwas geben, wenn du selbst noch nicht alles hast, was du brauchst? Gib deshalb zuerst dir das, was du brauchst. Oh nein, das ist kein Egoismus! Egoismus ist zu erwarten, dass dir jemand anderes das gibt, was du brauchst. Nimm dein Leben selbst in die Hand! Und dann werden alle Geschenke, die du bekommst, noch schöner. Du bekommst sie nicht, weil du sie brauchst oder erwartest, sondern weil sie dir ehrlich gegeben werden. Stell dir mal vor, eine Katze würde warten, bis sie von einem Menschen genau da gekrault wird, wo es gerade juckt. Das könnte Stunden oder Tage dauern. Oder Jahre. Checkst du das? Falls nicht, lies den letzten Absatz noch einmal und dann noch einmal. Lies ihn so lange, bis es „Klick" macht.

Na ja, Noah ist jetzt jedenfalls fertig. Er nimmt ein Taschentuch und wischt sich die Spuren vom Bauch. Er klappt seinen Laptop zu und zieht seine Boxershorts wieder hoch. Dann legt er sich auf den Bauch und checkt die Nachrichten auf seinem Handy. 37 ungelesene Nachrichten in seiner Freundesgruppe. Es wurden Bilder von halbnackten Menschen in die Gruppe eingestellt. „Mann, guckt euch das an, was für 'n geiler Arsch."

Die Menschen auf den Bildern sehen aus wie die nackten Menschen in dem Film, den Noah eben angesehen hat. Es sind echte Menschen auf den Bildern. Sie sehen schön aus und sexy. Alle. Und sie sind gut gelaunt. Sie weinen nicht, sie streiten nicht, sie schimpfen nicht. Sie sind nicht beleidigt, nicht zornig, nicht verletzt, nicht müde.

Merkst du was? Sie sind Illusionen. Das, was auf den Displays angezeigt wird, geht größtenteils zuerst durch einen Filter. Bilder mit mehr Herzen werden mehr Leuten gezeigt, sie erhalten mehr Views und was mehr Views hat, wird noch mehr Menschen gezeigt. So erscheinen attraktive Menschen immer und immer wieder, viel öfter als weniger attraktive Menschen. Doch was heißt schon attraktiv? Schönheit liegt doch im Auge des Betrachters, oder nicht? Doch irgendwie wollen dann doch die meisten lieber reine Haut sehen als Pickel und irgendwie sind rasierte Beine und Achselhöhlen doch beliebter als nicht rasierte. Irgendwelche Schönheitsideale haben sich schon immer durchgesetzt. Und dann wollen alle dem Ideal entsprechen. Früher mithilfe von Korsetts, heute geht es sehr viel bequemer. Es wurden sogar Face-Filter entwickelt, um es den Leuten so einfach wie möglich zu machen, sich ihrem Ideal zu nähern.

Angefangen hat die Geschichte der Filter eigentlich mit einem Witz. User:innen konnten sich virtuelle Hunde- und Katzenohren an den Kopf „pflanzen" oder einen Mund in einen Schnabel verwandeln. Das war witzig. Doch irgendwann haben technikversierte Menschen weiter getüftelt und die Filter so weit entwickelt, dass die User:innen nahezu alles sein konnten. Heute gehen die Möglichkeiten der Filter ins Unendliche. Und die Ergebnisse werden immer echter. Die Grenze zwischen Virtualität und Wirklichkeit verschwimmt immer mehr. Die Augen werden größer, Lippen voller, die Haut reiner und die Zähne weißer.

Tja, wenn es solche Filter doch auch für Vögel gäbe, dann wäre die Partnersuche ein Kinderspiel. Es ist kinderleicht, sich im besten Licht zu zeigen. Alle schaffen es, wenn sie wollen. Alle, die ein Smartphone haben und sich das Internet leisten können. Der Rest ist kostenlos. Man kann sich kostenlos verschönern und dann andere Leute damit beeindrucken – für ein besseres Selbstwertgefühl. Oder zum Spaß. Aber na ja, spaßiger war es, als die Filter noch Vogelschnäbel hinzufügten. Ich finde es eigentlich überhaupt nicht spaßig, wenn Leute versuchen, etwas vorzutäuschen. Die Realität wird so total verzerrt, und zwar für beide Seiten: jene, die Filter anwenden, und jene, die sich das Ergebnis ansehen. Und dann kommt die Unzufriedenheit, die fehlende Selbstachtung, der Neid auf andere. Es kommen Essstörungen und Depression und Schönheits-OPs. Es geht die ganze Zeit um Körper, um Muskeln, um Haare, um Augen und Lippen. Es geht nicht um den Charakter, um Persönlichkeit, die Einzigartigkeit, die Kreativität oder die Intelligenz. Äußere Schönheit schlägt alles. Oder?

Hm, na gut, sagen wir: fast alles. Memes, Gifs und lustige Videos sind nämlich auch stark im Rennen. Oh ja, Memes sind gut. Ich liebe sie. Und Noah liebt sie auch. Wenn ihm keine passende Antwort auf die Sprüche seiner Freunde einfällt, schickt Noah Memes. Das bringt ihn und seine Freunde zum Lachen. Und mich auch. Ich schwöre, die Kids haben echt Humor. Nicht ungern schicken sie Memes von Vögeln herum. Tauben sind auch wirklich lustige Tiere. Okay, ich glaub, das eben war ein Gutenacht-Gif, das Noah gesendet hat. Und jetzt ist auch schon sein Licht aus.

Wenn ich könnte, würde auch ich dir jetzt noch ein Gutenacht-Gif schicken. Das wäre süß. Doch ich besitze keine solchen Geräte. Noch nicht ... Vielleicht hol ich mir mal eines, dann nerv ich dich den ganzen Tag mit Gifs – hehe.

Aber für heut ist Schluss. Morgen wollen wir früh raus – nicht wahr? Wir lieben doch den Sonnenaufgang. Wir lieben ihn. Ich weiß, dass du ihn auch lieben wirst. Also, wo sollen wir morgen den Tagesanbruch feiern?

Mitten im Himmel → Seite 129
Oder mitten in einem Sonnenblumenfeld
→ Seite 140

Inhaltsverzeichnis

Das letzte Kapitel

Das ganze Buch über hast du nun aus der Vogelperspektive auf verschiedene Dinge geschaut. War cool, oder? Einfach mal alles anders sehen. Doch weißt du was? Menschsein ist mindestens genauso cool. Also, wenn ich ein Mensch wäre, wäre das schon genial. Ich könnte alle meine Gedanken aussprechen und alle könnten mich verstehen. Ich müsste nicht mehr nur ans Essen und an meine Fortpflanzung denken, ich könnte meinen Kopf für so viel mehr Dinge benutzen. Ich hätte ein Bewusstsein, mit dem ich jeden Tag entscheiden kann, wer ich sein will und wo ich hinwill. Na gut, wo ich hinwill, kann ich als Vogel eigentlich auch ganz gut entscheiden. Aber hey, ich hätte Hände, mit denen ich malen könnte, streicheln könnte, helfen könnte. Anstatt zu kommentieren und drauf zu scheißen, könnte ich mich um die Dinge kümmern. Als Mensch hätte ich Zähne. Ich könnte so viele wunderbare Sachen kauen und essen. Oh! Und ich hätte Lippen! Wie gut muss küssen mit Lippen bitte sein? Als Mensch könnte ich Häuser bauen, Bäume pflanzen, ich könnte Bücher schreiben, Plakate drucken, Lieder singen – Lieder, die gehört werden. Ich könnte Geld verdienen und mir all das kaufen, was ich will. Ich könnte Waffen kaufen – oder Zuckerwatte.

Und weißt du, was ich am allerliebsten machen würde, wenn ich ein Mensch wäre? Wenn ich ein Mensch wäre, würde ich am allerliebsten nach oben gucken. Nach oben zu den Vögeln, zu den Wolken und zu den Sternen. Ich würde nach oben gucken und mich daran erinnern, dass ich Teil eines Wunders bin. Und wenn mir am Boden alles zu viel wäre, würde ich meine Augen schließen und mir vorstellen, ein Vogel zu sein. Ein Vogel, der am Himmel seine Kreise zieht und alles mit Abstand betrachtet. Von oben. Aus der Vogelperspektive.

Autorin: „Liebes Vöglein, es tut mir leid, wenn ich jetzt deinen Superschlusssatz einfach so verkacke. Oh! Jetzt habe ich doch tatsächlich deine Sprache angenommen. Ach egal. Nun muss ich noch schnell etwas loswerden ...“

„Nur zu – schieß los.“

Autorin: „Ich danke dir von Herzen, liebes Vöglein, dass du deine Gedanken mit uns geteilt hast. Du warst wirklich großartig.“

„Gern geschehen, ich fand's auch ganz witzig. Vor allem, weil mich niemand beim Denken unterbrechen konnte.“

Autorin: „Ich wünschte, es gäbe mehr Vögel wie dich. Stell dir mal vor, jeder Vogel da draußen würde seine Gedanken und Gefühle mit uns tei-
-len ...“

„Yo, das ist eine wunderbare Idee. Es gibt doch dieses World Wide Web. Dort kann man sich vernetzen und austauschen. Da lässt sich doch bestimmt ein Himmel einrichten, in dem alle Vögel der ganzen Welt willkommen sind, oder?

Autorin: „Genial! Das machen wir. Was hältst du von: bird-spective.com?“

„Mega! Ich freue mich!“

Danke, dass du mich bis
ans Ende begleitet hast.

Und jetzt
bist du dran.
Start Flying!

Die Autorin

Johanna Jörg nutzt ihre Hände, um zu designen, Kleider zu nähen und Fotos zu schießen. Ihr Herz freut sich über bunte Farben am Himmel, über die gute Luft im Wald und die Kraft des Ozeans. In ihrem Kopf wohnen Vögel. Einer davon schreibt nun Bücher.